Estelle

Né en 1928 à S...
Birkenau, Au...
1939-1945 term...................................enfants rescapés
de Buchenwald...................tourner en Europe centrale et
que prend en ch...ge l'Œuvre de secours aux enfants.
Elie Wiesel fait des études à la Sorbonne et s'installe aux Etats-
Unis en 1956 comme correspondant d'un journal israélien. Il
publie également des reportages dans la presse yiddish.
Elie Wiesel est l'auteur d'une série de grands romans dont la plu-
part sont déjà des classiques (Prix Médicis en 1968 avec Le Men-
diant de Jérusalem). Américain d'adoption, nommé par le prési-
dent des Etats-Unis à la tête du « Mémorial de l'Holocauste » à
Washington, cet écrivain est d'abord et surtout l'une des grandes
figures de la littérature française d'aujourd'hui.

Comment le fils de Reuven Tamiroff, ce jeune Juif new-yorkais
né d'un ghetto polonais, peut-il vivre, marqué par la malédiction
qui a frappé les siens : une communauté emmurée et suppliciée
par un officier SS que par dérision elle avait surnommé *l'Ange*;
une famille mutilée par la tourmente; un père devenu silencieux
sous le poids d'images épouvantables qui le poursuivent; une
mère, recrue d'horreur, que seule la folie a sauvée; et Ariel, ce
frère inconnu, double disparu dans l'enfer nazi, avec lequel le
narrateur, peu à peu, s'identifie ?
A la fin de la guerre, Reuven Tamiroff avait choisi de faire lui-
même justice. Trente ans plus tard, son fils repart à la chasse au
bourreau miraculeusement réchappé de l'attentat. Mais la vengeance a-t-elle, aujourd'hui, un sens ? Faut-il, vraiment, verser
encore le sang pour venger le sang versé ? Le jeune homme
hésite. L'intrigue elle-même est comme suspendue à cette hésitation. Et c'est le roman tout entier qui, du coup, culmine en une
méditation grave et belle sur le crime, le pardon, le châtiment —
ou sur les paradoxes de la mémoire quand les fils tentent d'en
reprendre aux pères le presque impossible fardeau.

ŒUVRE D'ÉLIE WIESEL

Dans Le Livre de Poche :

LE MENDIANT DE JÉRUSALEM.

ELIE WIESEL

Le Cinquième Fils

ROMAN

BERNARD GRASSET

Loué soit le Seigneur, loué soit-Il :
Voici les quatre fils dont il est question
dans la Torah : l'un est sage, l'autre
impie, le troisième innocent et le quatrième ne connaît même pas la question.

La Haggadah de Pâque.

LETTRES DE REUVEN TAMIROFF

I

Mon cher fils,

Tu le sais certainement, puisque je te raconte tout : j'appartiens à une race éteinte, à une espèce extincte; j'ai invoqué tous les noms, dévoilé tous les visages de la Bête crépusculaire, ténébreuse, sans pour autant abréger l'attente des hommes.

Il fut un temps où je connaissais le but et non la route; maintenant c'est le contraire. Et encore. Plus d'une voie s'offre à l'homme. Laquelle mène vers Dieu, laquelle conduit vers l'homme? Je ne suis qu'un errant. Et pourtant je cherche. Je cherche peut-être à demeurer cet errant.

Tout ce qui me reste ce sont des mots, des mots démodés, inutiles sous leurs fards multiples, lâchés au-dessus des cimetières d'exilés. Je me laisse guider par eux afin de cerner les choses à l'intérieur des choses, l'Être au-delà des êtres.

Combien de temps resterai-je prisonnier? Ne me quitte pas, mon fils.

Ton père.

II

Cher fils,

Ta mère est malade et je désespère. Incurable, disent les médecins. Elle ne se relèvera plus. J'imagine l'épouse de Job sans Job et c'est ta mère que je vois : éteinte jusque dans son âme.

Avec toi, elle jouait encore ces dernières semaines; elle ne jouera plus.

Depuis quand est-elle ainsi, morte parmi les vivants, se croyant morte parmi les morts?

Difficile à établir, répondent les spécialistes. Moi je sais : depuis longtemps. Depuis le ghetto, je veux dire : depuis cette nuit-là, au ghetto, depuis la nuit de la rupture. Ce mot nous convient, mon fils : rupture entre les êtres, les mots, les instants.

Rien ne collait : voilà ce que nous pensions dans le ghetto. Les calculs étaient tous faux. Les prévisions, les illusions, les assurances : une erreur cosmique s'était glissée dans les interstices de la pensée et de la vie.

Cette nuit-là, dans un arrachement primitif, ta mère a rompu avec nous tous, et avec elle-même.

Nous ne nous en sommes aperçus que plus tard.

8

Maintenant.
Est-elle du moins plus proche de toi?

Ton père.

III

Mon fils,

Sais-tu que je te regarde? J'aimerais tant t'écouter, mais tu es silencieux. Aurais-tu peur de rompre le silence, ou plutôt le sentiment que le silence abrite? Aurais-tu peur de me parler? peur de m'effrayer? Mais, mon fils, rien ne me fait plus peur. Pas même la mort : elle m'oppresse sans me faire peur. Je la regarde, elle, et je suis content qu'elle soit muette. Que ferais-je si elle se mettait à me parler, à me parler de toi?

Je te regarde, mon fils, je te cherche du regard. Tes yeux font briller les miens, tes yeux brûlent dans les miens. Que voient-ils? Un avenir limité, appauvri? Une éternité bafouée, profanée? Parle et je parlerai.

De nous deux, c'est toi qui as le droit de tout dire. Tu as mesuré la fragilité des lois dites immuables, tu as vu le sommet dans l'abîme. Tu as vu et subi la vérité des hommes. As-tu vu Dieu, dis?

Je pense à toi, mon fils, et cela me préoccupe : ma connaissance s'interpose entre nous et se fait opaque. Elle me maintient en vie et te relègue au loin. Connaissance privée d'avenir? C'est toi mon avenir,

9

mon fils. « Et le mien? » me demanderas-tu. Mais tu ne me demandes rien. Ton silence me repousse et m'attire; pour me calmer, je me réfugie auprès de mon Maître dont la philosophie te faisait rire.

Nous vivons dans le temps, et nous ne pouvons pas oublier que l'éternité se définit encore négativement par rapport au temps : elle est une victoire sur le temps écoulé sinon oublié. Même le sentiment qui nous unit à quelque chose de passé, de perdu, ne vit que par le renouvellement continuel du dialogue, si je peux dire, entre lui et le reste de notre conscience; s'il reste immobilé, il ne sera pas fécond.

Mais, me diras-tu, je te parle et cependant le moment de ce dialogue n'est pas fécond. Il ne l'est pas parce qu'il te manque l'autre dimension du temps : il te manque l'autre moitié, l'avenir.

Je sens, moi, la valeur de la méditation arrêtée dans le temps; méditer quelque chose c'est renouveler ce quelque chose; mais j'ai peur. Je t'écris et j'ai peur. Je te parle et j'ai peur. En moi il n'y a que la peur qui se renouvelle.

Ton père.

IV

Le mystère de la mort, mon fils : explique-le-moi. Moi je n'y arrive pas. Pas plus que je ne réussis à comprendre le mystère de la survie.

Pourquoi moi? pourquoi ta mère? Nos parents, en nous quittant, avaient dû nous confier un message: j'aimerais le capter. Ou, du moins, le situer. Le faire mien. Le faire moi.

Je te parle, mon fils, pour me convaincre que je suis encore capable de parler: le silence, en moi, se fait par moments si lourd que mon cœur est près d'éclater. Seulement, voilà: je ne tiens pas à me défaire de ce silence. Je cherche une voie spéciale: entre la parole et le silence. Comme je cherche un temps particulier: entre la vie et la mort. Non, je me corrige: entre les vivants et les morts.

Je te cherche, mon fils.

Mais je n'ai jamais fait autre chose que te chercher. Je te cherche dans le vide qui me repousse. Je me cherche en toi que j'ai quand même et malgré tout repoussé.

Ton père.

ETAIT-CE l'aube ou le crépuscule? Le bourg de Reshastadt, sous une bruine lente et régulière, semblait accroupi et irréel. Dormait-il déjà? Somnolait-il encore? Je n'existais pas pour lui. Si j'étais porteur d'un message, il refusait le rôle de destinataire.

Voici la gare. Dans mon étourdissement, je ne savais plus si je venais d'arriver ou si je me préparais à repartir. Etais-je seulement éveillé? Je flottais dans l'irréel. Comme le jour où j'avais suivi Lisa en « voyage ». La même panique m'oppressait. Le même poing m'étreignait la poitrine. Mais j'aimais Lisa ce jour-là; et aujourd'hui je ne m'aimais pas.

A un certain moment, inexplicablement, je crus sentir la présence de mon père derrière moi. Je me retournai en sursautant : « Tu n'aurais pas dû », me dit-il, tandis que, de la main, il me désignait la gare et les rues et la ville et les montagnes qui s'éloignaient déjà. « Pardonne-moi, balbutiai-je. Pardonne-moi, père, de t'avoir ramené ici, mais je n'avais pas le choix. »

Mon père, mécontent, secouait la tête comme pour me juger. Il n'était pas ici, mais il me condamnait. Comment lui expliquer? Il détestait les explications. De sa tête, il disait : non, non, tu n'aurais pas dû.

Alors, comme autrefois, après le *voyage* avec Lisa, lors de mon réveil, je me sentis accablé, lourd d'un remords indicible, la pensée brouillée, la langue pâteuse; je me sentis étranger à moi-même.

Je me mis à arpenter la salle d'attente. Affiches publicitaires : belles filles et leurs amis leurs amants nagent et rient et boivent et courent et appellent et s'offrent pour peu pour rien pour la vie et le plaisir et la jouissance.

J'essayais de voir clair en moi-même. Je n'y parvenais pas. Dans le train, cela irait mieux, promis.

« Tu n'aurais pas dû », répète mon père. Je pourrais rétorquer : « Et toi? » Mais je ne dis rien, je me sens suffisamment coupable. Pourtant, je n'ai rien fait. Je me sens coupable parce que je n'ai rien fait.

Me mettre en colère... Si seulement je pouvais me mettre en colère, m'enflammer, répandre la violence et inciter la haine, mais je ne peux pas... Je ne sais pas si je le souhaite, mais je sais que j'en suis incapable... Et cela me désole et m'agace et j'en veux au monde trop insensible et à mon père qui comprend sans comprendre qu'il n'y a rien à comprendre, car le bruit se fait torture et la mémoire rend fou et l'avenir nous repousse au bord du précipice et la mort nous enveloppe et nous berce et nous étouffe et, impuissants, nous ne pouvons ni crier ni courir.

Attention, messieurs les voyageurs. Vous partez? Vous arrivez? Adieu Reshastadt, le train va arriver, le train arrive, Francfort prochain arrêt puis l'aéroport puis l'avion puis New York et l'aventure qui recommence, l'ivresse pour les amants, la prison pour mendiants, attention, en voiture, attention votre billet *bitte*, c'est dangereux de vous pencher par la fenêtre.

Je vous demande pardon, monsieur le contrôleur allemand, je te demande pardon, père descendant d'Abraham et d'Isaac et de Jacob, tu as raison, je n'aurais pas dû. Pourquoi me suis-je rendu en Allemagne et pourquoi dans cette petite ville ennuyeuse et exécrable et prétentieuse à force de se vouloir irréprochable? Pour renouer avec un passé noyé dans le sang? Pour conclure un projet qui, dès le départ, avait été voué à l'échec? Avais-je vraiment, sincèrement imaginé pouvoir dominer un homme, le broyer, l'anéantir?

Je vois mon père qui me regarde d'un air désapprobateur. C'est son histoire, pourtant, qui m'a mené ici, dans ce train qui semble reculer au lieu d'avancer. L'histoire d'un homme qui a survécu par hasard et qui, par hasard, a retrouvé sa femme au destin défiguré. L'histoire d'un chef qui, par hasard encore, fut appelé à jouer un rôle qu'il n'avait jamais vraiment souhaité.

Pauvre père qui se croyait fort, plus fort que l'ennemi. A mon tour de lui dire : « Tu n'aurais pas dû... » S'il se trouvait là, je poserais ma tête sur son épaule. S'il était là, je fléchirais, je pleurerais.

Je sais : ce que je dis de mon père vous déroute; ce que je vais dire vous déroutera peut-être davantage. Suis-je vieux jeu? Mon père, je l'aime. Je l'aime jusque dans ses lacunes. Loin de lui, il me suffit de l'évoquer pour que les choses autour de moi, les choses en moi deviennent transparentes. Pour que les mots se mettent à brûler, à hurler et que je me bouche les oreilles. La voix de mon père me parvient d'un monde duquel je me sens exclu, refoulé.

Certes, nous avons eu nos différends. A l'occasion, ils nous dressaient l'un contre l'autre en adversaires farouches; alors je me mordais les lèvres pour ne pas crier. C'est naturel, humain : l'amour n'est qu'une série de cicatrices. « Nul cœur n'est aussi entier qu'un cœur brisé », disait le célèbre Rabbi Nahman de Bratzlav. Mon père m'a brisé le cœur plus d'une fois; encore maintenant, en le racontant, j'ai mal.

C'est qu'il m'émeut, mon père. Personne n'a su tant me bouleverser, ni m'atteindre si profondément. Il m'arrive de songer à lui, grave et souriant, et les larmes me montent aux yeux. Je me sens à la fois happé et délivré par une force qui vient de loin. Chacune de ses paroles, chacun de ses regards constituent un lieu, un moment de fusion. Chaque contact avec lui devient reflet et rencontre. Deux exils s'unissent dans le même appel.

Pourtant, en apparence, il n'a rien d'extraordinaire. C'est un homme moyen, de taille moyenne, au revenu moyen, habitant un logement moyen, dans un quartier pour résidents moyens. Un réfugié comme il y en a tant dans cette ville dont le pluralisme ethnique constitue le véritable orgueil. A part le fait qu'il ne manifeste aucun intérêt pour les jeux de base-ball et de football, il observe les règles de l'*american way of life*. Vitamines, vêtements de confection et le *New York Times*. Il n'attire l'attention ni par sa manière de parler ni par sa façon de se taire. Il recherche l'anonymat. Pour le remarquer, il faut l'observer de près. Et alors on ne se détache pas. Sous ses paupières lourdes, presque opaques, ses yeux, tour à tour durs et apaisants, accrochent les vôtres. Si vous êtes sensible au visage humain, vous ne pourrez pas vous dérober au sien; il suggère le lointain obscur. Mais il n'aime pas être scruté, mon père. C'est encombrant, un regard, dit-il; c'est envahissant. Ce n'est pas la vraie raison, naturellement. La vraie raison, à mon avis, a un rapport avec la guerre. En ce temps-là, en Europe, il fallait se perdre dans la foule, se fondre dans la nuit. Pour survivre, il fallait ne pas exister.

Un jour, beaucoup plus tard, quelque part en Orient, un sage impassible étudiera les lignes de ma main et celles de mon visage, il se penchera sur mon destin et hochera la tête en signe de grand désarroi : « Ton cas, jeune voyageur, me déroute : c'est la première fois que cela m'arrive. Je te situe dans le temps qui coule et dans la mémoire qui le freine. Je te vois à genoux devant les dieux du savoir et les déesses de la passion. Je te vois debout devant les prêtres serviles ou arrogants. Je te reconnais parmi tes amis, je te retrouve face à tes ennemis. Mais un être manque au tableau; je ne vois pas ton père. » Une lueur inquiète s'allumera alors dans ses yeux sombres. Et il ajoutera, plus bas : « Aide-moi, oui, aide-moi à retrouver ton père. »

Car il a l'art de vous quitter, mon père. Vous lui parlez, il semble vous écouter, mais tout d'un coup, au milieu d'une phrase, vous constatez sa disparition. Dans le métro, aux heures de pointe, les gens le bousculent mais ne le voient pas. Excès de discrétion ou de timidité, il craint de déranger, d'exercer une influence néfaste, de provoquer des désastres, peut-être des tremblements de terre, pourquoi pas.

C'est aussi un solitaire. Il ne se sent à l'aise que parmi les personnages morts ou imaginés qui, enfermés ou affranchis dans mille et mille ouvrages, animent sa fantaisie. Bibliothécaire, il bavarde avec Homère et Saül, Jérémie et Virgile. Passionné de lecture, il ne se déplace jamais sans un livre sous le bras. A la maison comme au bureau, dans le bus ou dans le parc, il est toujours en train de « commencer » ou de « finir » une étude, un commentaire d'untel sur untel, ou contre untel.

Nous habitons Brooklyn, au milieu des *hassidim*. La vie, pour eux, est un chant ininterrompu. Moi, je veux bien. Leurs voisins non juifs doivent en avoir assez. Mais quand ces *hassidim* dorment-ils? Il se peut bien, remarquez, qu'ils chantent même dans leur sommeil. Ce qui expliquerait pourquoi leurs chants tristes sont si joyeux; et pourquoi leurs airs joyeux sont d'une tristesse à vous donner le cafard. Non, cela n'expliquerait rien du tout, tant pis.

Mon père les aime, lui. Il lit leurs pamphlets qu'il achète par douzaines. Aussitôt rentré, il les étale sur la table, dans le salon, parfois à la cuisine, et se met à les parcourir vite, très vite, comme redoutant qu'une catastrophe ne les fasse disparaître. Ai-je mentionné la lumière blafarde que, en lisant, ses yeux renvoient? Et le frémissement qui parcourt ses lèvres? On dirait qu'il souffre, tant la joie que la lecture lui procure est intense.

Avant, je veux dire : avant le départ, avant la maladie de ma mère, il passait des heures dans la pénombre de sa bibliothèque où les livres s'entassaient pêle-mêle, sur les étagères improvisées et par terre. Maintenant, c'est dans le salon qu'il aime s'installer pour lire. Comme la lumière le gênait, il a dévissé trois ampoules du chandelier délabré. Chose bizarre, la pénombre l'a accompagné et l'enveloppe comme un châle rituel. Lorsque je le vois ainsi, retranché du monde, si vulnérable dans son isolement, j'ai envie de l'approcher par-derrière, de poser mes bras sur son épaule, de le réconforter, j'ai envie de lui offrir ma jeunesse et mon soleil, ma soif de soleil. Heureusement la pudeur l'emporte toujours et je me retire en espérant qu'il ne m'a pas aperçu.

Pour ne pas m'embarrasser, il feint de n'avoir

rien vu. Mais je ne suis pas dupe. Je sais qu'il voit tout, qu'il est au courant de tout, que rien ne lui échappe.

Qu'est-ce qui l'intéresse ? Je ne sais pas. Parfois, il semble profondément indifférent aux bruits de l'existence. Ai-je dit indifférent ? Disons plutôt : inaccessible... Absent... Non, je me corrige une fois de plus : ailleurs...

Ailleurs ? Je connais. Je crois connaître. Ou du moins imaginer. C'est un royaume étrange et réel, étrangement réel, celui des valeurs renversées, des rêves violents, des rires délirants et muets. C'est un royaume où l'on meurt éternellement, où l'on se tait éternellement car la tempête qui y souffle est une tempête de cendre.

Mon père y a vécu. Ma mère aussi. Comment ont-ils fait pour survivre ? Je ne sais pas, eux non plus. Au Mal absolu s'opposa un Bien qui ne l'était pas, voilà le drame. « Tu ne comprendras pas », murmurait mon père. « Nul ne le comprendra. » Et ma mère, tout au début, d'acquiescer : « Moi, c'est Dieu que je ne comprends pas. » Et mon père lui répondait : « Et qui te dit que Dieu, Lui, comprend ? »

J'aimerais tant qu'il consente à ouvrir sa mémoire et la mienne. Je donnerais tout ce que je possède pour pouvoir le suivre sur ses sentiers obscurs. Qu'il parle et je l'écouterai de tout mon être, et tant pis si j'ai mal, pour lui, pour nous... Mais il ne parle pas. Il ne veut pas parler. Peut-être ne le peut-il pas...

Quand il veut bien s'adresser à moi, c'est souvent

pour traiter de son auteur préféré, Paritus-le-borgne, dont les *Méditations obliques* ont influencé la pensée religieuse, et antireligieuse, de plus d'un philosophe médiéval. En le citant, il se caresse le front et les joues, il devient songeur, clément, beau. Moi aussi, du coup, je me suis mis à aimer Paritus : il me rendait mon père.

Enfant, adolescent, je ne pouvais me passer de sa présence, de sa tristesse. De soir en soir, entre l'école et le lit, je le suivais pas à pas, je le traquais dans ses souvenirs, ses visions emmurées. Un jour, me disais-je, je visiterai sa ville natale, je surgirai dans Davarowsk, entre Kolomeï, et Kamenetz-Bokrotaï, à l'ombre des Carpates, et j'admirerai le ciel qui l'a vu naître, et les toits qu'il a dû escalader, et les arbres dont il a secoué les fruits; j'aspirerai la fumée des cheminées et l'odeur des champs; je contemplerai les reflets argentés de la rivière, les fenêtres aveugles des asiles aux gémissements sans fin; eh oui! un jour je me réveillerai dans la ville fantôme de Davarowsk, et je m'écrierai : « Père, viens, regarde, tu n'es plus seul à hanter cette ville maudite au destin maudit, je suis derrière toi, nous sommes vainqueurs. »

Ce ne sera pas facile. Car il est prudent, mon père. Il ne s'avance que sur un terrain sûr, et toujours seul et solitaire : interdiction de frapper à sa porte. Il ne dit que ce qu'il a envie de dire; il ne dit une chose que pour en dissimuler une autre. Impossible de le provoquer, de le bousculer. Le moindre signe de curiosité déplacée, et il dresse devant lui ses remparts.

Certes, il m'arrivait de lui en vouloir. Cela me faisait mal de le voir, de le savoir abandonné dans son combat contre les assaillants invisibles. Je brûlais de me porter à son secours, de me battre à ses côtés. J'élevais la voix, je discutais la question, j'exigeais une explication : je ne faisais qu'augmenter sa peine.

Je me souviens : étudiant de philosophie, préoccupé par le problème de la souffrance, la tête bourrée de bouddhisme, de Schopenhauer, de l'Ecclésiaste, je retournais mon savoir, mon semblant de savoir contre lui. Je me souviens : un soir d'hiver, cafardeux, écrasé par un chagrin d'amour (Lisa : j'en parlerai plus tard), je le prenais à partie et je lui reprochais sa souffrance :

« Tu ne comprends pas qu'accepter la souffrance est un danger maléfique? C'est choisir le manque contre la paix... Le destin contre soi-même. »

Il ne parut pas surpris, seulement triste. Il fit semblant de finir la phrase qu'il était en train de lire, puis il leva les yeux vers moi et me regarda : c'était un regard de vivant, une conscience bien sérieuse, digne, méticuleuse, décortiquée; c'était un regard qui se regardait, une conscience qui avait conscience de soi, puis le regard s'éteignit et le monde se fit noir, et je me dis : ici commence le mystère.

Et je me disais : il est comme ça. Je n'y peux rien. Hors d'atteinte. Il faudra attendre encore. Respecter sa liberté. Comme tout le monde, il est libre de faire de son passé ce que bon lui semble. Libre de se vouloir prisonnier ou souverain, résigné ou révolté, ami des morts ou allié des vivants. Libre de renoncer à sa liberté. Je dois m'en faire une raison.

Non pas qu'il fuie la société, mais il s'en méfie. On ne sait jamais : l'intrus est capable de regarder là où il ne faut pas. Enfant, je souhaitais par exemple qu'il m'emmène à l'école; c'est ma mère, ma pauvre mère, qui m'y accompagnait. Les gosses se moquaient de moi : « Ton père, hein, il a honte de se montrer. – Mon père, répondais-je, est trop fier pour se montrer. Il a mieux à faire. »

Un jour, ma mère prépara un gâteau au chocolat; c'était mon quatrième ou cinquième anniversaire. Après le dîner, elle le découpa et laissa échapper un soupir : « On aurait dû inviter ses petits camarades. » Là-dessus, mon père rentra sa tête dans les épaules. Renfrogné, hostile. Je ne comprenais pas : je n'avais rien fait de mal, ma mère non plus. Nous nous levâmes de table sans parler; et sans toucher au gâteau. Depuis, personne n'a célébré mon anniversaire. « Ne sois pas triste, me dit ma mère. Ton père n'aime pas les étrangers : il n'aime que les siens. » Explication satisfaisante mais incomplète. Il y avait une autre raison. Secrète, celle-là. Mon père craignait les enfants; ils lui faisaient peur, ils lui rappelaient sa peur d'autrefois. Moi aussi, je la lui rappelais.

MA mère, naturellement. Ma mère, malheureusement. Il attend son rétablissement, son retour à la société, à la vie, tout en devinant que sa prison est d'un genre à part : on n'en sort jamais.

Souvent, je songe à ma mère, mais je n'en parle pas de crainte de heurter mon père : à quoi bon raviver ses plaies ?

J'avais six ans lors de notre séparation. Je me souviens : le médecin distrait, les infirmiers impatients, l'ambulance, le brancard; les voisins, dans la rue, expliquaient en chuchotant le drame, la tragédie de cette pauvre Rachel Tamiroff que... Et mon père, pâle, lèvres exsangues et entrouvertes, le regard égaré d'un homme battu et humilié, ne trouvant pas de repos dans l'appartement. Et ma mère, affaiblie, se plaignant de manquer, de manquer : « Vous manquez de quoi ? lui demande le médecin. D'air ? d'argent ? » Elle ne l'entend pas. Pendant que les infirmiers s'affairent dans la chambre, elle continue à murmurer qu'elle manque,

manque... Et moi, dans un coin, accablé de peine, de gêne aussi, je regarde, je deviens mon propre regard, je sens que mon regard s'arrache à sa source et me quitte comme est en train de me quitter ma mère...

Elle est donc partie, ma mère. Sans que j'aie pu lui dire cette chose si simple, si vraie : que sa beauté grave me bouleversait, que son angoisse me déchirait, que ses doigts fins, ses cils longs m'appelaient comme d'un rivage crépusculaire. Savait-elle, sait-elle que j'ai besoin de voir son visage figé et fin pour vaincre les démons aux aguets ? Oui, elle s'est laissé emporter, ma mère, sans que j'aie pu lui avouer mon amour pour elle.

Jamais elle ne saura la fragilité ni la violence de ce que sa vue m'inspirait. Bien sûr, j'étais petit, mais je savais aimer ; et j'avais bonne mémoire.

Accoudée à la table du grand salon, le dos à la fenêtre donnant sur l'avenue bruyante, elle se montrait étonnamment habile à réparer un vêtement déchiré, un bougeoir cassé, une montre déréglée. Elle savait se concentrer sur ce qu'elle faisait, sauf que parfois, brusquement, comme sous le coup d'un invisible fouet, elle s'immobilisait. Et alors, un frisson me parcourait l'échine.

Pourtant, j'aimais l'observer. A son insu, à distance, inquiet, tendu, je regardais ses mains, j'épiais sa nuque. Parfois, elle souriait et mon cœur se glaçait. A qui souriait-elle ?

En lui parlant, je rougissais. La crainte de me trahir me rendait gauche, incohérent. Bêtement, je la poursuivais, je la fuyais. Elle m'intimidait et, chose bizarre, je semblais l'intimider aussi, moi, son gamin de cinq ou six ans. Tels des malfaiteurs, nous détournions la tête dès que nos yeux se croisaient. Pour me manifester son affection, pour lui exhiber mon amour, il nous fallait un prétexte, un alibi. Elle ne m'embrassait que lorsque j'étais malade. Depuis son départ, je le suis moins.

Maintenant, c'est elle qui est malade. J'ignore la cause du mal qui la mine. Je sais seulement qu'elle est soignée, que les visites lui sont interdites, que les médecins sont pessimistes – oh! je sais beaucoup de choses là-dessus : je sais que ses années s'écoulent en moi; je les sens qui s'ajoutent aux miennes; mon père aussi le sait d'ailleurs; mais nous préférons, comme d'un commun accord, n'en pas parler.

Pour quelle raison? Par simple respect pour elle? Par peur d'aggraver son état? Obscurément, je sens que le silence de mon père n'est pas sans rapport avec moi. Il se peut que je me trompe, que j'exagère; il se peut que je m'invente des fautes pour me punir et participer ainsi, de loin, à son supplice. Un jour, en tout cas, j'ai posé la question à mon père :

« Sa maladie, elle date de quand?

– Pas d'aujourd'hui ni d'hier », a-t-il répondu.

Et, le moment de gêne passé, il s'est remis à feuilleter les *Méditations* de son cher et bien-aimé Paritus. J'ai eu l'impertinence d'insister :

« Pardonne-moi, père, mais ne pourrais-tu être plus précis? »

Lorsque, finalement, ses yeux se sont posés sur moi, j'y ai lu tant de pensées tourmentées que j'ai compris : il vaut mieux baisser le front et accepter.

Je me rappelle pourtant un incident sans doute insignifiant mais qui, au fond, pourrait bien fournir un début d'indication : ma mère me regarde et ne me voit pas; elle ne me voit pas, mais elle me parle; cela paraît étrange, mais c'est ainsi; et l'image est nette dans mon esprit.

Nous sommes vendredi soir. Père est à la maison de prière à côté. Il ne va pas tarder. Le salon : accueillant, illuminé. La blancheur du *Shabbat*... La majesté du *Shabbat*... Et puis aussi, surtout : la paix du *Shabbat*... Ma mère, qui a récité la bénédiction sur les bougies, s'assoit et fixe les petites flammes clignotantes. Subjugué par une émotion inconnue, je n'ose pas bouger. Je m'appuie contre le mur. J'admire la chevelure de ma mère, la robe de ma mère, l'amour de ma mère. Tout au fond de moi je *sais* que sa beauté, sa sérénité proviennent de son amour, de son amour pour moi. Et alors je fais un pas en avant, encore un, je m'assieds à sa droite, je pose mon bras sur le sien, je veux qu'elle me regarde : elle me regarde; elle me parle; elle me dit des paroles qui devraient me rendre heureux tant elles sont douces et tendres; mais elles suscitent en moi une tristesse sans nom : car je sais, je sens qu'elle ne me voit pas...

Je suis sur le point d'éclater en sanglots lorsque la porte s'ouvre et que mon père apparaît : « Bon *Shabbat* ! » nous salue-t-il en souriant, comme d'habitude. Nous ne répondons pas. Il change d'expression en voyant ma mère qui parle toujours aux bougies clignotantes. « Va dans ta chambre, me dit-il tout bas. Je dois rester un moment seul avec ta mère. » Il vient me chercher une heure plus tard. Pendant le repas, j'épie ma mère. Elle ne regarde plus les bougies. Mais elle ne nous regarde pas non plus. Elle ne regarde rien. Elle est désormais sans regard.

Dois-je dire à quel point son « départ » m'attristera ? Est-ce vraiment nécessaire ? Aucun événement ne m'aura tant affecté. Tel un fugitif, j'errais dans l'appartement, d'une chambre à l'autre, d'une activité à l'autre; je me tapissais dans les coins, je me réfugiais sous la table, ne permettant point à mon père de me quitter : je le suivais comme une ombre à la bibliothèque, au supermarché, à la maison d'étude. Je l'aidais à faire le ménage, à ranger les livres. L'idée de me retrouver seul, abandonné m'emplissait de panique.

Pour aggraver les choses, le « départ » de ma mère coïncida avec la fête de Pâque. Brooklyn, accueillant le printemps, c'est un orchestre qui accorde ses orgues : tout bouge, tout change, la rue n'est qu'un long rire sonore. Pas cette fois. Pas pour moi. A peine me trouvais-je dehors que déjà, à bout de souffle, je tirais mon père par le bras : « Rentrons, vite. *On* nous attend peut-être... »

Cette Pâque-là, jamais je ne l'oublierai. Ensemble, mon père et moi avons acheté le vin et les mets spéciaux. Nous avions refusé les invitations de nos voisins, ayant décidé de célébrer le *Seder* à la

maison. En moi, il y avait cette petite voix obstinée :
« Elle reviendra et ne nous trouvera pas. » Et puis,
comme tous les ans, pour toutes les fêtes, Simha-
le-ténébreux, l'ami de mon père, s'était joint à nous
pour partager notre repas solennel.

Avant de bénir le vin, mon père me regarda droit
dans les yeux et posa ses mains sur mes épaules :

« La Loi nous ordonne de célébrer cette fête dans
la joie, me dit-il. Fais un effort.

– Et... maman?

– Fais-le pour elle.

– Mais... elle? que fait-elle en ce moment? Pro-
mets-moi qu'elle aussi sera joyeuse durant la
semaine à venir. »

Mon père respira profondément, mais ne dit rien.
C'est Simha-le-ténébreux qui parla à sa place :

« Ta mère est bonne juive, elle connaît les lois;
elle sait que nous n'avons pas le droit de nous
dérober à la joie car elle précède notre existence et
se confond avec les origines de notre histoire.

– Je ne comprends pas, dis-je à travers mes
larmes.

– Cela ne fait rien, dit Simha-le-ténébreux. La Loi
ne nous demande pas de comprendre, seulement de
vivre dans la joie.

– Je ne comprends toujours pas.

– Imagine, dit Simha-le-ténébreux, imagine une
joie qui, depuis près de quatre mille ans, attend
pour que tu la reçoives; sans toi, elle errerait
comme une orpheline à la recherche d'un abri.

– Je ne peux pas imaginer. Dès que je me mets à
imaginer, je vois maman, je ne vois qu'elle.

– Récitons le *Kidoush*», dit mon père.

Puis vint mon tour de poser les « quatre questions » traditionnelles : en quoi cette nuit de Pâque est-elle différente des autres nuits de l'année ? Dans le livre de la *Haggadah*, mon père lut la réponse : C'est que nous étions des esclaves, jadis, en Egypte. Mais ce n'était pas la vraie réponse. La vraie réponse, je la connaissais, moi : cette nuit était différente parce que ma mère se trouvait en exil, au loin. Et Simha, Simha-le-ténébreux, de hocher la tête :

« Oui, tu as raison. Ta mère est en exil. Comme la *Shekhina*, en exil, elle aussi. Voilà pourquoi ta joie n'est pas entière ; et la nôtre non plus. Et celle de notre père non plus. »

Selon la tradition, mon père devait raconter l'Exode de notre peuple vers la liberté, mais Simha préféra me raconter d'abord une autre histoire :

« La *Shekhina* est une femme belle et triste auréolée d'ombre et de lumière. On la rencontre, à minuit, partout où les enfants juifs l'appellent pour guérir les malades et consoler les malheureux. Un officier romain l'aperçut une fois parmi les ruines de Jérusalem : ébloui par sa beauté sombre, il en tomba amoureux. Il marcha vers elle, mais fut incapable de s'en approcher. Comme s'il eût marché sur place, il continua à la voir de loin. Il en eut le cœur brisé. Alors, alors seulement, elle lui sourit. Et, à cause de ce sourire, il resta à Jérusalem jusqu'à la fin de sa vie. Aux siens, il expliqua : Puisque cette femme me sera refusée, je me contenterai de son ombre. »

Lorsque Simha s'épanche sur son sujet préféré, il

touche au sublime; je l'écouterais volontiers du matin au soir. En parlant, ses yeux s'allument et brillent d'un éclat singulier, inquiétant. Son débit est lent et envoûtant; il jette des mots comme s'ils étaient des fruits verts; il les caresse et les réchauffe avant de s'en séparer.

– Connais-tu l'histoire du grand Rabbi Hayim-Gdallia d'Oushpitzin? me demanda-t-il un autre soir. Il intercéda auprès de Dieu en faveur d'un tavernier connu pour ses nombreux péchés. « Soit, je les lui pardonne », dit l'Eternel. Alors, satisfait de son succès, le Rabbi se mit à chercher des pécheurs pour pouvoir les défendre là-haut. Cette fois-ci, il ne put se faire entendre. Accablé de remords, le Rabbi jeûna six fois six jours et demanda au Ciel la raison de sa disgrâce. « Tu as eu tort de chercher, lui dit une voix céleste. Si Dieu choisit de détourner son regard, tu n'as qu'à en faire autant. » Et le Rabbi comprit que certaines choses doivent rester dans l'ombre, car l'ombre elle-même est voulue de Dieu. »

Brave Simha. Pense-t-il sérieusement que je crois à ses affaires d'ombres? Je ne suis plus un enfant, mais en sa présence je me sens tout petit. Encore aujourd'hui, je me sens comme un tout petit garçon quand il me parle ou quand il m'écoute. Avec mon père, c'est différent. Car face à mon père, je me sens parfois vieux, très vieux, ne riez pas : je me sens plus vieux que lui.

Et aussi résigné.

Comme maintenant, dans cette gare allemande, puis dans ce train allemand où je suis et l'évoque, le prends à témoin, lui parle presque d'égal à égal :

« Je te ressemble malgré tout. Aussi maladroit que toi. Un bon à rien. La tête dans les nuages. Incapable de mener une action à son terme. Incapable de conférer à l'acte un sens rédempteur. Ne me dis pas que je n'aurais pas dû venir, je le sais bien. N'as-tu jamais fait des choses que tu n'aurais pas dû faire? N'as-tu jamais entrepris des voyages absurdes qui ne menaient nulle part? N'as-tu pas parcouru ce même chemin, père? Avoue-le, avoue-le donc sans crainte ni honte : nous avons échoué ensemble. Ensemble, nous savourons le goût de la défaite. »

Le train prend de la vitesse, bruits de fenêtres qui claquent, de portières qu'on ouvre, de fugitifs qu'on abat : c'est la fuite, la fuite de l'esclavage, la course vers la liberté. Soudain, j'oublie le train, je me vois courir aux côtés de mon père essoufflé mine atterrée je l'interroge maman où est maman je tiens à savoir je dois savoir mais je ne saurai rien. Changement de décor à nouveau : soirée de Pâque à table nous récitons chantons l'histoire ancienne du départ des ancêtres course affolée exaltée je cherche Moïse et Moïse nous cherche et les soldats égyptiens nous poursuivent et nous poussent dans la mer et ils nous suivent dans la mer et c'est la victoire et comme les anges j'aimerais chanter et comme les anges je me fais réprimander par Dieu on ne chante pas en présence de la mort on ne chante pas la mort et je dis à Dieu merci merci Seigneur d'avoir tué nos ennemis merci de les avoir Toi-même tués merci de nous avoir épargné ce rôle et Dieu répond on ne dit pas merci en présence de la mort on ne dit pas merci à la mort.

Mais alors, père, quand dit-on merci? Et à qui?

Je me souviens d'une autre Pâque. Cette fois encore, nous étions deux à réciter la *Haggadah*. Simha-le-ténébreux, contrairement à son habitude, gardait le silence. Soudain, il nous interrompit :

« Reuven, dit-il à mon père. Remplis ton devoir de père juif. »

Mon père le dévisagea d'un air perplexe, mais ne répondit rien.

« La *Haggadah*, continua Simha, nous parle de quatre fils et de leur attitude envers *la question*. Le premier la connaît et l'assume; le second la connaît et la rejette; le troisième la subit avec indifférence; le quatrième ne la connaît même pas. Bien sûr, il y a aussi un cinquième, mais il ne figure pas dans le récit, car il n'est plus. Or, le devoir du père juif est envers les vivants. Quand comprendras-tu donc, Reuven, que les morts ne font pas partie de la *Haggadah*?

– Et toi? dit mon père avec un sourire forcé.

Quand tes oreilles finiront-elles par entendre ce que dit ta bouche?

– Moi, c'est différent, dit Simha. Hanna vit dans mes pensées, mais elle ne les envahit pas. Et puis, Reuven, tu le sais bien : je ne suis le père de personne, moi. »

Mon père continua de le dévisager et, toujours sans répondre, reprit la lecture des prières et des poèmes comme s'il n'avait pas été interrompu.

Après le repas, il se retourna vers son ami et dit :

« Tu as peut-être raison. »

Et à moi :

« J'aimerais te raconter un peu de ma jeunesse... »

Au début, j'étais comme le premier fils. Fidèle à la tradition juive, j'obéissais à ses lois avec ferveur. Je n'avais qu'un désir : ressembler à mon père, homme simple et droit, d'une intégrité sans faille. Ensuite, vint le démon, qui me séduisit : pareil au second fils, je me révoltai contre notre peuple. Comme lui, je disais : votre histoire ne me concerne pas. Comme lui, j'écoutais le prince égyptien qui, dans *Ulysse* de James Joyce, supplie Moïse de ne pas renoncer à l'existence luxueuse, aux aventures grandioses et à la civilisation que le royaume des pharaons réservait à ses citoyens intelligents et privilégiés : qu'allait-il chercher dans cette tribu pauvre, dans le désert immense et meurtrier? Argument logique et convaincant que Moïse eut l'audace de rejeter; pas moi, moi je le trouvai attirant. Eh oui, mon fils : les

Juifs sont sortis de l'Egypte, mais je choisis de ne pas les suivre. Et je suivais plutôt un ami émancipé qui avait quitté notre village pour aller faire ses études à Davarowsk.

Cet ami me fascinait. Avec ses théories originales et blasphématoires il parvenait à tout démolir et tout expliquer. Théoriquement, il préconisait le droit et le devoir du Juif de renoncer à ses attaches ancestrales : s'assimiler afin de tout oublier, oublier afin de s'assimiler, voilà quel était son slogan. Il n'observait aucun commandement, ne se pliait à aucun interdit, ne célébrait aucune fête. Pour lui, Napoléon et Mendelssohn avaient détrôné Moïse et Josué : à bas les dogmes religieux, vive l'émancipation. Pragmatique et opportuniste, il accepta le baptême et essaya de m'y attirer aussi. Un jeune missionnaire l'y aida. Ils échouèrent. L'image de mes parents me protégea : il y avait une limite à l'humiliation, à la douleur que je pouvais leur infliger. Je me définissais comme agnostique. Espérant toujours me conquérir et me convertir, le jeune missionnaire m'aida à me faire admettre à l'université de Davarowsk. Je me lançai dans les études classiques, je découvris Paritus-le-borgne auquel je me consacrai corps et âme, bref : on me prédit une carrière universitaire brillante. Mon essai sur Paritus fit du bruit dans la capitale, on en parla dans la presse. La communauté juive tira orgueil du fait que j'avais refusé le baptême; on discutait de moi dans les magasins, les restaurants, les écoles talmudiques : si seulement on pouvait me ramener au bercail! On me dépêcha émissaires éloquents et agents pitoyables. Les uns me parlaient théologie, les autres politique. Il y en avait même qui m'offraient des sommes importantes. Ou leurs filles en mariage. Tentatives vaines. Courtois mais ferme, je les raccompagnais sans même daigner leur expliquer l'absurdité de leur entreprise.

Alors, le Rabbi Aharon-Asher, petit-fils du grand prédicateur du même nom, m'invita à venir le voir : jamais on n'avait vu quelqu'un décliner pareil honneur. J'établis donc un précédent qui, ainsi que tu l'imagines, provoqua l'indignation générale. Les bouchers se déclarèrent prêts à venir m'enseigner le respect; les menuisiers furent d'accord mais suggéraient d'attendre le soir. N'était l'intervention du Rabbi, j'aurais eu droit à une bastonnade en règle. Accompagné de son assistant, il se dérangea pour venir frapper à ma porte. Je ne savais pas encore qu'en venant il m'avait sauvé la vie; même ainsi, son geste m'emplit de confusion.

« J'ai à te parler, Reuven Tamiroff. Je peux entrer? »

Je le conduisis dans mon cabinet de travail et lui indiquai un fauteuil :

« Asseyez-vous; vous y serez bien!

– Justement! Je ne tiens pas à être bien! »

Debout, il me dominait d'une tête.

« Je vous écoute », dis-je.

La quarantaine, de carrure forte, visage énergique, yeux clairs au regard coupant, le Rabbi incarnait l'autorité. Lorsqu'il parlait, on l'écoutait. Phrases brèves, tranchantes. Pensée précise, irréfutable.

« Il paraît, dit-il, que tu t'obstines à te retrancher de la communauté. Pour quelle raison?

– Je ne la connais pas. »

Ce n'était pas un mensonge. D'ailleurs, je n'aurais pas pu mentir en sa présence. J'avais tout simplement oublié les arguments dont mon ami converti s'était servi pour me prendre dans ses filets.

« Tu as dû écouter des voix étrangères, dit le Rabbi. Pourquoi n'entends-tu pas la tienne? La mémoire qui m'habite ne diffère pas de ta mémoire; les paroles qui se pressent sur mes lèvres, tu pourrais, avec la même autorité, les prononcer! Pourquoi cherches-tu à te détourner de toi-même? N'invente ni excuses ni alibis! Ne me dis pas que c'est plus facile, plus confortable! Ça ne l'est pas, tu le sais. Pour un Juif comme toi, c'est plus compliqué, plus encombrant, plus dangereux... Connais-tu l'anecdote du sage talmudique et des poissons? Au temps des persécutions romaines, le gouverneur de la Judée conseilla au sage juif d'abandonner la Torah pour vivre et survivre. A quoi le sage répondit par la parabole suivante : « Un jour, le renard s'adressa aux poissons et leur donna ce conseil : « Vous avez tous peur des pêcheurs et de « leurs filets; pourquoi ne quittez-vous pas la mer « pour la terre sèche? – Tu es bête, lui répondirent « les poissons. Notre unique chance de survie est « dans l'eau... C'est pareil pour la Torah », ajouta le sage. Et c'est pareil pour toi, Reuven Tamiroff. Ton unique chance de survie est dans la communauté : elle a besoin de toi et toi d'elle. »

Essoufflé, il s'interrompit et approcha sa lourde

tête de la mienne, d'un mouvement que je devinais violent, dévastateur. Moi je n'avais presque rien dit et cependant je me sentais aussi à bout de souffle.

« J'ai peur, dis-je comme à regret. J'ai peur des pêcheurs.

– Alors reviens! Accroche-toi à moi, à nous, je t'aiderai! Je t'aiderai à vaincre la Mort et même la peur de la Mort! »

Sur sa lancée, Rabbi Aharon-Asher, petit-fils du grand prédicateur du même nom, enchaîna sans répit, évoquant l'Ecriture et les visions prophétiques, l'épreuve d'Abraham et le sacrifice d'Isaac, le Talmud et ses Maîtres, leurs souffrances communes, leur agonie, nos supplices et nos lamentations au cours des siècles. Comme redoutant de s'arrêter pour ne pas perdre ses pouvoirs, il parla pendant une heure ou deux, et peut-être davantage :

« Bien sûr, la Mort s'amuse à ravager nos rangs; bien sûr, nous subissons trop de persécutions dans trop de pays et pour trop de raisons, mais qu'est-ce que cela signifie? Cela signifie que nous vivons malgré la Mort, que nous survivons à la Mort! Cela signifie que notre histoire, notre prodigieuse histoire est un défi permanent à la raison et au fanatisme, aux bourreaux et à leur puissance! Et tu aimerais déserter cette histoire? »

Je ne sais pas qui a gagné ce jour-là. Je sais seulement que j'ai hoché la tête plusieurs fois : oui, je comprenais; oui, je saisissais le sens profond de la tradition juive, mais... Mais sans promettre ni me compromettre. Je n'étais pas homme à agir sous l'impulsion du moment. Je voulais réfléchir, analyser, explorer les avenues entrouvertes.

Cela dit, je dois l'admettre : si je ne suis pas resté le second fils de la *Haggadah*, c'est grâce à mon maître et ami, le petit-fils du grand prédicateur Rabbi Aharon-Asher. »

Mon père se tut. La lumière des bougies éclaira son visage ridé et anguleux. Emu, je me taisais. C'était la première fois qu'il m'avait parlé de sa vie d'autrefois. J'allais l'en remercier, lorsque Simha me devança :

« Et le *cinquième fils*, Reuven ? Quand lui parleras-tu du *cinquième fils* ? »

Redevenu triste, mon père baissa le front, comme vaincu par un remords qu'il n'osait point formuler.

LETTRES DE REUVEN TAMIROFF

Mon fils,
Ce soir-là, tu es venu me dire que (mots illisibles).
Tu as prononcé des mots tristes, mais ta manière de
les dire m'a fait sourire.
J'aime quand tu me fais sourire.

Ton père.

Cher fils,
Ta présence m'est essentielle. Elle m'habite. Je la
sens dans mon sommeil, je la retrouve en rouvrant
mes yeux. Et pourtant. Tu sais ce que la vie a fait de
nous tous.
La dernière fête de Pâque, au ghetto. Brusquement,
elle surgit dans ma mémoire, je me demande pour-
quoi. Tous ces invités à table. Visages familiers et
inconnus. Chants joyeux et soupirs angoissés. Simha
entonne un chant fort grave et beau: « Depuis tou-
jours, et partout, un ennemi se lève et menace de nous
exterminer; depuis toujours, et partout, le Seigneur,

béni soit-Il, vient à notre secours pour nous sauver. »
Nous chantons avec lui. Ta mère, les lèvres serrées,
retient ses larmes. Je lui dis : « Regarde, regarde ton
fils et tu ne seras pas triste. » Elle te regarde et se met à
sangloter. Alors je lui dis (mots illisibles).

J'étais fier de toi ce soir-là, mon fils.

Je le suis encore aujourd'hui.

Et pourtant.

                                                    Ton père.

P.-S. Je songe au chant que je viens de citer. Est-ce
vrai que Dieu intervient toujours ? A-t-Il sauvé notre
génération ? Il m'a sauvé, moi. Est-ce une raison pour
moi de Lui dire ma reconnaissance ? « Les morts ne
chantent pas la gloire de Dieu », dit le roi David. Les
morts seraient-ils fermés à la reconnaissance ? Inver-
sement : les vivants incapables de reconnaissance
seraient-ils morts ? Face à toi, mon fils, que suis-je ?

Il a fallu que je me rende en Allemagne, dans cette petite ville grise et faussement éveillée, pour percer le mystère qui me séparait de mon père. Je me regarde ici et je le comprends mieux. Comme lui, je n'ai pas envie de parler. Comme lui, je me méfie.

En fait, pourquoi se méfiait-il de moi ? Que lui avais-je fait ? En quoi l'avais-je contrarié ? Il se liait rarement, je l'ai dit, parlait peu, presque pas, c'est-à-dire seulement par à-coups, de manière imprévue et déconcertante, traitant des choses courantes, insignifiantes : « Tu as lu dans le journal que...? Tu n'oublieras pas de...? » Parfois, lorsque je le poussais, il m'offrait une miette de son enfance, une bribe de son adolescence, un épisode de sa vie d'étudiant. Mais dès que nous abordions le sujet interdit de la guerre, il se raclait la gorge et prenait une mine d'immense peur ou d'immense lassitude : il est tard, disait-il. Il faut aller se coucher. Manger. Aller en ville pour une conférence. Préparer un dossier soudain devenu urgent. Et alors, inutile d'insister. Il ne bronchait plus. Il devenait lointain. Subjugué par une grande tristesse d'autrefois où venait se mêler une innommable angoisse. Bon, je renonçais aussitôt. Je changeais de sujet, en pensant : j'essaierai la prochaine fois.

Maintenant, je sais ce qui lui faisait peur. Je sais qu'il se sentait coupable. Et je sais aussi qu'il avait tort. De qui est-ce que je le tiens ? De moi, parbleu. De moi, son fils. Car nous nous ressemblons. Je porte en moi son passé et son secret. Les Anciens ont raison : tout est dans le moi. Je m'interroge, moi, pour comprendre mon père.

Il ne m'a parlé sérieusement, je veux dire longuement, directement, d'homme à homme, comme deux adultes, comme deux associés, que la veille de ma *Bar-Mitzva*. Elle devait être célébrée le lendemain, durant l'office du *Shabbat*, dans une maison d'étude hassidique dont nous étions, officieusement, membres de plein droit. D'autres émigrants et réfugiés de Davarowsk fréquentaient le lieu. Le Rabbi lui-même était le neveu de Rabbi Aharon-Asher de Davarowsk.

Cérémonie joyeuse et solennelle : elle marque l'arrivée d'un nouvel adhérent au sein de la communauté. Adolescent le matin, adulte le soir, le garçon devient soudain conscient des devoirs qui l'attachent au destin collectif d'Israël. Pour l'encourager, pour le féliciter, pour que brille son étoile au firmament bleu d'un peuple ivre de Dieu et d'éternité, on chante pour lui, on boit avec lui. Mais ni mon père ni moi n'étions d'humeur à boire ou à chanter. Je songeais à ma pauvre mère et je sentais mon regard s'alourdir...

« Tu es prêt? » me demanda mon père.

Bien sûr, je l'étais, autant qu'un garçon de mon âge pouvait l'être. Prêt pour la cérémonie. Prêt pour les étapes à venir.

« Les bénédictions?

– Je les connais par cœur. »

Ayant étudié à la *Yeshiva* textes sacrés et commentaires divers, j'avais également appris les mélodies de la lecture biblique et de la *haftara* prophétique.

« As-tu préparé un discours?

– Non.

– Chez nous, jadis, les garçons saisissaient cette occasion pour exposer un *khidoush*, une idée originale, une trouvaille frappante liée à un thème talmudique. Le disciple devait prouver à ses maîtres que leur foi en lui était justifiée.

– Pas en Amérique, dis-je. En Amérique, tu le sais bien, père : la cérémonie est accessoire; seule compte la fête. Le repas. Les boissons. »

En vérité, j'avais une autre raison pour ne pas prononcer de discours : je craignais de me laisser aller, d'éclater en sanglots. Mon père, intuitivement, le comprit et il fit un effort pour sourire :

– « Tu connais la parole du grand Rabbi Mendel de Kotzk? Le plus beau discours est celui qu'on ne prononce pas. »

Ce vendredi soir donc, devant les trois bougies allumées, je me sentais plus oppressé que d'habitude. Mentalement je faisais le bilan et le trouvais bien pauvre : j'avais gâché mon enfance, pis, j'avais gâché ma vie. Je me revoyais gamin, égaré dans des labyrinthes hantés. A l'école, je me tenais à l'écart. Certains parents me plaignaient : « Le pauvre, grandir sans mère... » D'autres me soupçonnaient d'avoir l'esprit bouché. Pendant que leurs enfants jouaient au football ou au base-ball ou échangeaient friandises et cadeaux, je dissimulais ma honte comme je pouvais : je feignais l'indifférence. Je leur tournais le dos, je rêvassais, je feuilletais des ouvrages ennuyeux. Je prétendais être plus mûr, plus assidu, plus sérieux que nos camarades aînés. « Celui-là, disaient-ils en me désignant du doigt, il est bizarre. » Je l'étais. Bizarre car différent. Je me savais châtié, maudit. A force de m'isoler je m'enfonçais dans un chagrin qui n'était pas de mon âge : je souffrais sans savoir pourquoi. Taciturne, broyant le noir, je donnais l'impression d'en vouloir au monde entier. Etait-ce vrai ? Je me jugeais, je me condamnais : je vieillissais vite. Je ne connus guère les surprises, les espiègleries, les exploits, les liaisons et les aventures qui enrichissent l'enfance. Pourtant, à Brooklyn, les occasions n'en manquent pas : parcs et musées, piscines et carrousels, excursions en montagne, fêtes turbulentes, jeux de groupe, le port, les navires de guerre, les grands bateaux à voiles, ou plus simplement : le drugstore d'à côté. Coca-Cola et potato chips, chocolat Hershey et chewing-gum.

Pour les écoliers, la rue offre mille aventures. On fait connaissance, on achète un canif, on vend un ballon, on se dispute, on fait la paix. Les batailles entre clans et tribus avec victoires et défaites : pas pour moi.

« Ah! oui, dit mon père. Rien ne vaut le silence. Mais... »

Il s'interrompit, attendit une seconde avant de reprendre :

« Il est possible d'en abuser, le sais-tu? C'est chose fragile, le silence. »

Non, je ne le savais pas. Je ne savais rien : voilà l'aboutissement de la période la plus importante de mon existence. N'avais-je donc rien appris à l'école, rien absorbé?

Que faisais-je de la foi, de ma foi en Dieu?

Fréquentant une école religieuse orthodoxe – à Brooklyn il est impossible d'y échapper – je commençais à m'interroger sur les problèmes qui préoccupent les enfants de mon âge. Le Bien et le Mal, le fini et l'infini, le but de l'existence et celui de la création, le mystère de la souffrance du Juste : j'avais jeté un coup d'œil dans *Le Guide des égarés* de Maimonide sans le comprendre. « Tu es trop jeune pour la philosophie », m'avait dit mon tuteur. Il manquait d'envergure, le malheureux. « Il faut attendre la quarantaine, essayait-il de m'expliquer. – Pour les réponses? – Non, pour les questions. » Je me mis à chercher un autre tuteur. J'en dénichai un vieux, célibataire, qui se mit en tête de m'initier à l'astrologie. Un autre voulut m'expédier au Népal. Simha, l'ami de mon père, s'arrangeait toujours pour me ramener sur le droit chemin. Un jour, je lui fis part de mes doutes : comment expliquer que le Créateur s'occupe de cette poussière humaine qui l'adore ou le défie? Dieu est Dieu et le monde est appauvri : la ligne de partage traverse chaque être, chaque conscience. Le sens de tout cela, Simha, quel est le sens de tout cela? Simha m'écouta longuement, patiemmâne, et son visage rayonna de fierté : « J'aime tes questions, dit-il. – Et les réponses, Simha? – Elles existent, et elles n'ont rien à voir avec tes questions. »

Ce vendredi soir donc, je me disais que je devrais peut-être me livrer à mon père. Lui confier ma panique devant les lois immuables ou changeantes de la création. Lui demander secours : après tout, la journée du lendemain allait être spéciale. Je méritais certains égards. Mais mon père était plus sombre encore que de coutume. Je choisis l'attente, le silence.

A table, nous chantâmes les airs d'usage en l'honneur du *Shabbat*, mais le cœur n'y était pas. Nos pensées voguaient très loin et nous brûlions de les suivre. Parfois, je me secouais et je fixais les bougies dont les flammes jaunes-orange-bleues vacillaient, dansaient, dansaient.

« Tu penses à ta mère.

– Oui! » m'exclamai-je, surpris.

Ma mère, ma pauvre mère malade, nous l'évoquions rarement dans nos conversations. Elle était présente, mais comme en filigrane, comme derrière l'écran.

« C'est bien, dit mon père. Ce soir, tu fais bien de penser à ta mère.

– Pas seulement ce soir, dis-je. J'y songe souvent. Presque tout le temps.

– C'est bien, dit mon père, rêveur. C'est très bien.

– Je pense aussi à autre chose. »

Distrait, il ne m'entendit pas la première fois. Je dus répéter :

« J'ai dit que je pense également à autre chose.

– Ah! bon, dit-il. A quoi penses-tu exactement?

– Oh! à un tas de choses.

– Moi aussi. »

Pensions-nous aux mêmes choses? Une question de plus qui venait s'ajouter aux autres pour me tourmenter en ce vendredi soir qui précédait ma *Bar-Mitzva*. Une fois de plus je m'apercevais combien peu je savais de mon père, de son passé. Combien de fois lui avais-je demandé de m'entretenir de mes grands-parents? de ses propres activités d'avant-guerre? « Tu es trop jeune. » J'étais toujours trop jeune. Eh bien, maintenant je ne l'étais plus : à treize ans, un garçon devient mûr, adulte; c'est la tradition juive qui le dit. A treize ans, j'avais le devoir, donc le droit de savoir.

« Père... » lui dis-je.

Il ne m'avait pas entendu. Il évoluait dans un univers lointain. Et moi, là-dedans? Je voulais en faire partie.

« Père, répétai-je. Parle-moi.

– Tu es...

– Ne me dis pas que je suis trop jeune. Demain, j'assumerai mes responsabilités d'homme juif devant Israël et le Dieu d'Israël : je mérite ta confiance, Père. Parle-moi. »

Les bougies continuaient leur danse, et les ombres la leur, et mes pensées n'allaient pas renoncer non plus à la leur : toutes semblaient se refléter sur le visage pâle et osseux de mon père. Soudain, son souffle se précipita; je redoutai une crise cardiaque. Déjà, je regrettai d'avoir eu la témérité de le provoquer, mais comment revenir en arrière ?

« Parfois, j'éprouve du remords, dit mon père d'une voix presque inaudible.

– Du remords ? m'écriai-je. Pourquoi ?

– Pour un tas de choses », dit-il.

Toujours assis à table, nous n'avions pas encore récité la Grâce. Les bougies clignotaient, les ombres ralentissaient leurs mouvements, un chant de *Shabbat* nous parvenait d'une demeure voisine. En moi l'angoisse montait, débordait. La place de ma mère était ici, elle méritait de participer à l'événement, de partager ce *Shabbat* avec son mari et son fils. Et mon père, à quoi songeait-il ?

« Oui, ajouta-t-il. Pour un tas de choses.

– Quelles choses ? » demandai-je à brûle-pourpoint.

Un poing de fer cognait dans ma poitrine. Mon père allait enfin soulever le voile, je le sentais. Et je ne savais plus si je le souhaitais ou non. Je pouvais encore arrêter le mécanisme qui allait m'emporter en un lieu redoutable et pétrifié. Il me suffisait de commencer à débarrasser la table, par exemple, d'entonner la *Birkat-hamazon*, de rappeler la cérémonie du lendemain. Mais je voulais savoir.

« Tu es... tu es trop jeune pour savoir », répéta mon père.

Il avait été tout près. Il s'était ravisé au dernier moment. A quand, la prochaine occasion?

« Tu as parlé de remords, dis-je.

– En effet. »

De nouveau, sa respiration s'accéléra. Il fermait et rouvrait les yeux comme si sa lumière lui faisait mal. Puis, résigné, il se contenta de les garder baissés, les paupières mi-closes. Et doucement, gravement, par des phrases brèves, hachées, il se mit à me raconter ses premières années aux Etats-Unis.

Années difficiles d'adaptation et d'intégration : il lui fallait tout oublier, tout effacer pour recommencer à zéro. Démuni, sans relations, il gagnait – mal – sa vie comme commis voyageur, représentant de commerce, agent d'assurance, employé dans une entreprise de lingerie et produits de beauté : engagé partout, licencié partout aussi, en raison d'une timidité maladive liée au fait qu'il s'exprimait mal dans sa nouvelle langue; et qu'il s'exprimait mal parce qu'il la respectait trop, cette langue : chaque phrase prononcée par lui devait être cohérente, bien construite, parfaite. Perdant patience, les gens lui montraient la porte. Il revenait le lendemain ou la semaine d'après : « Encore vous?! » Il demandait pardon, disait *thank you* et se retirait d'un air coupable. Le soir, ma mère lui reprochait ses échecs multiples : « Pourquoi n'es-tu pas comme tout le monde ? Tout le monde accepte l'aide financière des agences et des œuvres juives de charité, mais toi tu refuses ! – Je ne veux pas quémander. – Est-ce le moment de jouer le fier ? – Il ne s'agit pas de cela. – Mais de quoi s'agit-il ? – Nous avons peut-être eu tort de venir en Amérique. Ici, nous n'avons personne. – Et là-bas ? – Là-bas non plus, mais ce n'est pas pareil. » Ma mère se déclara d'accord sur ce point-là : ce n'était pas pareil.

« Parfois, continua-t-il, je me demande si j'ai bien fait de rebâtir notre maison, si j'ai bien réfléchi en décidant de nous refaire une vie. Certes, en tant que Juif attaché à sa tradition et inséré dans son histoire je n'avais pas le choix : d'autres ont recommencé avant moi, peut-être même pour moi. De quel droit me serais-je séparé d'eux ? Pourtant, le doute persiste en moi : pourquoi n'ai-je pas tiré un trait et tourné la page ? C'eût été tellement facile, tellement confortable de me laisser porter par le courant de la mort, de glisser dans le néant. Or, je me suis accroché. Pour quelle raison ? Parce que je tenais à préserver mon nom ? à assurer une continuité à une lignée ancienne ? Ou que je désirais réhabiliter mon désespoir en lui conférant un sens ? Des mots, des mots : ce ne sont même pas les miens. Si j'en crois nos Sages, nous serions responsables de la rédemption ultime. Pose la question à Simha, il te le confirmera : chacun de nous peut engendrer non pas le Messie mais celui qui le fera apparaître. Est-ce pour cela donc que nous avons décidé, ta mère et moi, de nous unir à nouveau ? Pour te confier une mission messianique? Pour nous servir de toi et freiner peut-être ainsi la souffrance des humains? Des mots, des mots encore. Nous nous sommes unis parce que nous étions malheureux; nous nous sommes unis et nous étions toujours malheureux. Et toi, mon fils, que fais-tu, que pourras-tu faire pour être heureux? Je crains qu'un jour tu ne me reproches ma naïveté et ne la nommes faiblesse. Acte irréfléchi? Acte de confiance plutôt de notre part, crois-moi. Ta mère et moi, nous nous disions : ne pas donner la vie serait donner la victoire à l'ennemi. Pourquoi lui permettre seul de se multiplier et de fructifier? Abel est mort célibataire, Caïn non : à nous de corriger cette injustice-là. Mais nous n'avons pas pris en considération tes désirs, tes jugements, tes élans : et si un jour tu nous dis, tu *me* dis : « Vous avez eu tort de m'introduire dans ce jeu « que vous sembliez jouer avec le destin et l'his- « toire! Vous n'aviez donc rien appris? Ne saviez- « vous pas que cette terre et cette société sont « inclémentes, inhospitalières envers les enfants « juifs? Ne savais-tu pas que votre jeu était truqué « d'avance? Nous n'avons aucune chance de « gagner! L'ennemi est trop puissant, nous pas « assez. Mille enfants ne peuvent rien contre un « assassin armé! Pour vous, il s'agissait donc, au « sens le plus élevé, de recommencer, n'est-ce pas? « Eh bien, ne pouvais-tu recommencer *sans moi*? » Voilà, mon fils, ce qui me trouble : ton jugement sur notre survie risque d'être sévère. Si, par malheur, tu te rends au désespoir, le mien en sera sept fois plus noir. Comment prévoir, comment savoir? »

Pendant qu'il parlait ainsi, je l'écoutais la tête baissée. Je n'osais croiser son regard. Moi qui voulais tant partager les événements qu'il taisait, à présent, je m'avouais qu'ils étaient trop lourds pour mes épaules encore fragiles. Que faire? Comment lui montrer que je ne l'en aimais que davantage? Quoi dire pour atténuer son mal? Je me taisais et j'écoutais, j'écoutai longtemps après qu'il eut achevé son monologue.

Mon père, en fait, ne se comporte et ne s'exprime librement qu'avec son ami – et le mien – Simha, Simha-le-ténébreux. Présence familière, apaisante. Simha, seul, sait détendre mon père. Avec lui, c'est la grâce qui arrive dans nos lieux. Il passe avec nous les fêtes juives et souvent le *Shabbat*. Jamais encombrant ni pesant, il me plaît; j'attends anxieusement ses visites, je les souhaite plus fréquentes. Il ne vient jamais les mains vides. Tout ce que je possède – montre-bracelet, stylo, portefeuille – c'est de lui que je le tiens.

Je l'aime aussi parce que je le connais mieux que les gens que l'on dit proches. Je connais bien des choses à son sujet. Je sais qu'il est veuf, qu'il habite un appartement immense dont l'accès est interdit aux étrangers, c'est-à-dire pratiquement à tout le monde, qu'il fréquente des milieux divers, qu'il disparaît parfois pour quelques semaines sans laisser de trace – quoi encore? Oh! je ne sais plus ce que je sais de lui. Mon père le prend pour un kabbaliste. Mathématicien et philosophe, spécialiste des théories des nombres et des possibilités, il passerait ses nuits libres à calculer le temps qui nous sépare de la délivrance messianique.

D'où lui vient son sobriquet? Personnage nocturne, attiré par l'obscurité et ses fantasmes, Simha se dit, ne riez pas, marchand, oui, marchand d'ombres. Je sais que c'est enfantin, mais c'est son occupation, sa profession et, à l'en croire, son gagne-pain. Il achète des ombres et les revend. Ses clients, il les recrute dans les sphères les plus variées de la société américaine. Il paraît qu'on a surpris un grand industriel alors qu'il se présentait chez lui en cachette. Et une vedette de music-hall. Et même un politicien corrompu pas encore pénitent, ou au contraire pénitent mais pas encore corrompu.

Un jour, il m'expliqua son commerce sur un ton mi-grave mi-ironique :

« En Amérique, tout est à vendre car tout est à acheter. Certaines gens ne peuvent se passer d'ombres, alors ils viennent me relancer. J'ai ce qu'il leur faut. Des ombres de toutes espèces. Grandes et petites, opaques et transparentes, fortes et fatiguées, j'en ai même en couleur. »

Sans doute avais-je pris une expression bête, car il feignit de s'énerver.

« Tu ne comprends pas? Qu'y a-t-il à comprendre? *Business is business*. Les affaires sont partout les mêmes. Certaines industries vendent de la lumière, j'ai bien le droit de vendre l'ombre, non?

— Absolument, dis-je.

— Pourquoi y aurait-il des marchands de rêve,

d'image, d'illusion, de bonheur et même de mort, et pas des marchands d'ombre? »

Je ne savais toujours pas s'il parlait sérieusement.

« Logique, dis-je, pour me montrer à sa hauteur.

– Les gens, pour la plupart, pensent que les ombres suivent, précèdent ou entourent êtres ou objets; la vérité c'est qu'elles entourent aussi paroles, idées, désirs, actes, élans et souvenirs. La foi la plus exaltée, le chant le plus élevé ont leur part d'ombre. Dieu seul n'en a pas. Sais-tu pourquoi? Dieu n'a pas d'ombre parce que Dieu *est* ombre, d'où son immortalité. Car il existe une croyance ancienne selon laquelle l'homme serait inséparablement et irrémédiablement lié à son ombre; quiconque s'en sépare ferait bien de se préparer au grand voyage.

Simha et ses ténèbres; Simha et ses problèmes; l'un de ses clients voulut une fois lui intenter un procès. Simha lui aurait vendu de la mauvaise marchandise. L'ombre, de mauvaise qualité, malade, s'était évanouie au bout d'une semaine à peine.

« J'ai proposé de la lui échanger. Rien à faire. Le client s'était attaché à son ombre; il l'aimait, ma parole. Comment peut-on aimer une ombre disparue, une ombre morte? Les gens sont bizarres. Mon client a eu l'audace de m'envoyer un inspecteur de police. Ecoutez, lui ai-je dit en yiddish, si vous ne déguerpissez pas sur-le-champ, j'ouvre mon dépôt, et mes ombres, déchaînées, déferleront sur la ville, le pays, le continent, ce sera la fin, la fin du monde! »

Les deux amis ont pour coutume de se réunir régulièrement le dernier jeudi du mois chez nous, dans le salon, pour étudier l'histoire ancienne ou l'actualité dont ils tirent chaque fois un épisode qui leur convient et qui a trait, par exemple, à la violence permise ou à la mort autorisée : c'est toujours le même procédé, le même discours. Ils cherchent le ciel sur la terre pour justifier une certaine action vengeresse contre un ennemi certain. A les voir assis autour de la grande table couverte de documents et de coupures de presse, à les entendre discuter, on les soupçonnerait de manigancer un complot ou un coup d'Etat. Isolés des bruits du quartier, ils semblent évoluer dans un monde à part, dans un temps à eux.

« Considérons le cas de notre Maître à tous, Moïse, dit Simha. Relisons le texte, veux-tu? Moïse est un prince, mais par ses origines et par son âme il est lié à ses frères opprimés. Un jour, il aperçoit un surveillant égyptien en train de torturer son esclave juif. Pris de colère, il le tue. La question que je te pose, Reuven Tamiroff, tu la devines : de quel droit Moïse a-t-il exécuté le surveillant? Admettons que celui-ci ait frappé un Juif, ce délit méritait-il la peine capitale, dis? »

A l'écart, assis sagement dans un coin sous une carte médiévale poussiéreuse de Jérusalem, j'écoute l'accusation et la défense, la lecture de la même phrase biblique ou talmudique au premier et au troisième degré, et je suis émerveillé : ils traitent l'incident comme s'il venait de se produire dehors, sur la Bedford Avenue, et mieux : comme s'ils venaient de le découvrir.

« Ce que Moïse a fait, il l'a fait sous contrainte, affirme mon père. Tu ne vois en lui qu'un prophète passionné de législation, de poésie, d'enseignement; or, il était aussi guerrier, stratège et chef militaire. Un héros de la résistance. Un commandant d'armée de libération nationale. Il voit un soldat ennemi en train d'interroger un Juif; il l'élimine, et il a raison. Pourquoi le tortionnaire a-t-il torturé le Juif? Pour lui soutirer des secrets peut-être. Ou bien pour l'humilier et faire de lui un exemple. Pour faire peur aux autres esclaves : qu'ils osent relever le front et ils subiront le même sort. Un tueur qui commence recommencera. Un tortionnaire qui s'acharne aujourd'hui sur moi le fera demain sur toi. En d'autres termes : Moïse était obligé de tuer le tueur pour protéger non seulement la victime présente, mais aussi les victimes futures. »

Logique, mon père. Il dissèque une pensée comme un chirurgien qui ouvre un ventre pour en extirper un mal à lui seul visible. Méthode que Simha refuse vigoureusement : toute pensée vivante contient nécessairement sa part de maladie, donc d'antipensée; il ne faut pas y toucher.

« Ce qui me gêne dans le cas présent, dit mon père, c'est notre toupet : nous nous comparons à Moïse. Ni plus ni moins. Or, ce qui est permis à Moïse n'est permis qu'à Moïse. Si Moïse décide de liquider un salaud, dangereux de surcroît, c'est son droit; ça ne signifie pas que ce même droit nous est accordé.

– Pourquoi pas? La Loi de Moïse est notre Loi! Elle appartient à nous tous! Depuis Sinaï...

– En effet. Depuis Sinaï, la Loi ne distingue pas entre un Moïse et un homme simple, anonyme. Mais l'incident devant nous a eu lieu avant Sinaï! Tuer, en Egypte pharaonique, n'était pas un crime. Un prince pouvait tuer avec impunité; nul ne pouvait deviner que ça allait changer.

– Mais alors, comment cela se fait-il que Dieu, pour faire connaître Sa Loi, ait eu recours à un homme qui avait du sang sur les mains?

– Dis donc, Dieu a pardonné à Moïse et toi non? Tu te crois plus juste que Dieu?

– Justement. Le « meurtre » de Moïse ne compte pas, ne pèse pas sur l'ensemble des événements. Il ne s'inscrit dans aucun grand dessein parce que c'est Moïse qui l'a commis. Si c'était moi, ou toi, Dieu nous en ferait voir de toutes les couleurs.

– Attention. Le Talmud prétend que si Moïse n'a pu entrer en Terre promise c'est précisément *parce qu'*il a versé du sang. Même Moïse n'avait pas le droit de tuer. Autrement dit, Dieu n'a pas pardonné, pas tout à fait. Pourtant, au moment même où il se déroulait, le meurtre semblait nécessaire voire indispensable, donc justifié.

– Justifié peut-être, juste jamais.

– Parce que?

– Parce que, et c'est là la question essentielle, nous n'avons pas encore établi la préméditation chez Moïse.

– Préméditation? Impossible. Un instant avant le meurtre, Moïse ne pouvait le prévoir. Il ne savait même pas qu'il allait voir l'Egyptien torturant son esclave juif. »

Voilà. Voilà un échantillon de leurs séances que, très sérieusement, ils qualifiaient d'officielles. Elles se prolongeaient jusque tard dans la nuit, et parfois jusqu'à l'aube. Et aujourd'hui, en me les remémorant, j'ai l'impression de vivre dans une contrée lointaine, enfouie dans un rêve, qui défigure les vivants et leurs paroles. Vite je m'éloigne pour changer de lieu, de temps, sinon de rêve.

Son ami de Davarowsk excepté, mon père fréquente peu de monde à l'extérieur. A New York, c'est facile; vous vivez dix ans dans un immeuble et vous ne connaissez pas votre voisin de palier. C'est une cité faite pour les misanthropes. On vit chez soi avec les bruits de la radio et les acteurs de la télévision qui pensent pour vous, agissent pour vous et finissent par faire partie de votre être. Pourquoi cette peur du silence chez la plupart des gens? A quoi attribuer leur crainte de la solitude? Des couples vivent des années durant sans s'adresser la parole; ils regardent le petit écran. Pas mon père, bien sûr. Nous sommes parmi les rares citoyens évoluant en dehors de l'univers télévisé.

Pour nous distraire, nous regardons par la fenêtre. Le vendredi soir, nous allons chez notre voisin pour assister à son office. Le Rabbi, moi je le trouve attachant. J'aime sa barbe, ses sourcils broussailleux. Tout son être rayonne de bonté. On le sait doux, on le dit inflexible. Son royaume est restreint mais ensoleillé.

Comment expliquer l'attrait qu'il exerce sur mon père? Il lui rappelle les temps d'avant, le monde de jadis. Le vendredi soir, porté par la prière, mon père se replonge dans son enfance. Et moi? Moi je ne prie pas; je suis prière.

Tour à tour, je regarde mon père et le Rabbi, je cherche un signe chez l'un et chez l'autre, un signe qui me serait destiné, et qui ne serait destiné qu'à moi.

Eh oui, j'aime contempler le Rabbi. Immobile, il est droit comme un pilier. Quand il se balance d'avant en arrière, il ressemble à un père soucieux de consoler son enfant endormi.

Aimé et respecté de ses fidèles, il se montre exigeant à leur égard. Il ne les pousse pas à la sainteté ni à la perfection, seulement à la ferveur. Un soir, il remarqua :

« Ce que je désire obtenir de vous, je souhaite l'obtenir avec vous, je veux vous voir unis afin de nous élever vers Dieu. »

Il baissa sa tête, réfléchit avant de la redresser :

« Vous me demanderez : comment est-il possible et à quoi bon nous élever vers Dieu qui est partout et non seulement dans les hauteurs? Eh bien, je ne connais pas la réponse, mais je continuerai à vous pousser. »

Je me souviens : je me sentis bouleversé par son humilité autant que par sa résolution. Je me souviens également que cette pensée, il l'avait formulée plus d'une fois. Et moi qui n'aime pas les répétitions, les siennes ne me gênaient point.

En dehors de mon père, c'est lui que j'aimais le plus. En raison de sa piété? Et de sa sagesse? Sans doute. Disons aussi en raison de son sens de l'humour. Un soir de fête, je l'ai entendu parler de misère et de souffrance :

« L'Eternel, béni soit-Il, est une sorte de banquier, Il prend chez l'un pour prêter à l'autre; sauf quand il s'agit de soucis, de peines, de maladies : là, il y en a assez pour tout le monde. »

Une autre fois, il commenta le verset biblique : Et tu aimeras ton prochain comme tu t'aimes toi-même, car je suis ton Seigneur, ton Dieu.

« A première vue, dit-il, la phrase est mal composée : où est le rapport entre le début et la fin? Eh bien, cette question, le grand Rabbi Israël de Rizhin l'a déjà posée. En guise de réponse, il a raconté une histoire : en Russie tsariste il y avait deux Juifs qui s'étaient juré de rester amis jusqu'à la mort. Aussi lorsque l'un fut accusé de menées subversives, l'autre se hâta de le blanchir en prenant les charges sur lui-même. Naturellement, ils se retrouvèrent en prison. Les juges ne purent dissimuler leur désarroi : comment condamner deux hommes pour le même délit? Le cas attira l'attention du tsar. Il ordonna qu'on lui amène les deux Juifs et il leur tint ce discours : « Rassurez-vous, je vais vous « remettre en liberté; si j'ai demandé à vous voir « c'est parce que j'ai désiré rencontrer deux hom- « mes animés par une si grande amitié. Et mainte- « nant, ajouta le tsar, j'ai un service à vous deman-

« der : prenez-moi comme votre troisième associé. »
Voilà la signification profonde et belle du verset
biblique, dit le Rabbi de Rizhin : quand deux personnes s'aiment, Dieu devient leur associé. »

Je me souviens : j'étais gamin quand j'avais
entendu notre voisin raconter cette anecdote. Et je
me disais : quand je serai grand, je l'aimerai, lui,
comme je m'aimerai moi-même. Et même plus, si
possible.

« Père, puis-je te poser une question?

— Naturellement.

— Mes camarades d'école ont, pour la plupart, des
grands-parents; moi non. Où sont-ils?

— Morts, dit mon père.

— Pourquoi?

— Parce qu'ils étaient juifs.

— Je ne vois pas le rapport.

— Moi non plus », dit mon père.

Bon, encore une question qui restera ouverte.
Mon père travaille; je ne vais pas le déranger
davantage. Je m'en vais, je reviens sur mes pas :

« Tu as des photos d'eux?

— De qui?

— De mes grands-parents juifs morts.

— Non », dit mon père.

Bon, je m'en vais. Non, pas encore :

« Tu veux me faire plaisir?

— Je peux essayer.

— Raconte-moi comment ils étaient. »

Mon père se fait songeur :

« Différents, dit-il. Totalement différents les uns des autres.

– Mais tu viens de me dire qu'ils étaient juifs; donc ils n'étaient pas différents. S'ils l'étaient, ils ne seraient pas morts. Tu veux me faire croire que les Juifs morts sont différents les uns des autres?

– Ils différaient dans leur mode de vie. Mes parents étaient chaleureux et exubérants; les parents de ta mère préféraient la discrétion. Mes parents parlaient yiddish, ceux de ta mère le polonais et l'allemand. Mes parents récitaient les Psaumes à longueur de journée, ceux de ta mère ne connaissaient même pas l'aleph-beth. Mes parents aspiraient à devenir meilleurs Juifs, ceux de ta mère n'aimaient pas les Juifs, je veux dire : n'aimaient pas le Juif en eux. En vérité, ils n'étaient pas heureux du choix de leur fille. Ils auraient préféré un avocat entièrement assimilé, ou même un Gentil de bonne famille. Ne leur en veux pas : ils n'étaient pas les seuls. En ce temps-là, des gens comme eux disaient : le monde ne tolère pas le peuple juif et finira par l'éliminer. Conclusion : pour vivre, pour continuer, il fallait renoncer à ce qui nous avait aidé à survivre pendant deux mille ans d'exil. Tu ne comprends pas? Moi-même, je te l'ai dit, je fus un moment tenté, séduit par l'assimilation. Mais il me suffisait de me rappeler le visage de mon père – d'imaginer sa peine – pour ne pas accomplir l'irrémédiable. »

Bon, je m'en vais. Résumons : j'ai des grands-parents qui voulaient être juifs et des grands-parents qui ne voulaient pas. Mais on les a tous tués. Parce qu'ils étaient juifs. Une dernière question :

« Puisque nous sommes juifs, comment cela se fait-il que nous ne soyons pas morts?

– Parce que quelque chose en nous est plus fort que l'ennemi qui se veut aussi fort que la Mort.

– Donc, nous sommes plus fort que la Mort?

– Je l'espère. »

Mes grands-parents paternels, fermiers simples, honnêtes, habitaient Kamenetz-Bokrotaï, un village près de Davarowsk. Ils étaient fiers de leur fils et cependant sa réussite les effrayait : n'allait-elle pas lui tourner la tête et lui vider le cœur? Déjà ses visites s'espaçaient; aurait-il honte de leur pauvreté? Le temps, disait-il. Le temps lui manquait. La malédiction du succès, le prix des triomphes : pas moyen d'en jouir. En fait, il paraissait déprimé, troublé par des soucis inavoués. A quoi bon lui souhaiter de gagner ses batailles si elles le rendaient malade? Ils priaient quand même, mes grands-parents; ils priaient que l'étoile de leur fils ne cesse de monter, de briller, de dominer, et tant pis pour les jaloux.

Mon père était venu leur annoncer sa décision de se marier, mais il n'avait pas emmené sa fiancée. « Elle s'appelle Rachel. » Premier mensonge; elle s'appelait Régine. « Es-tu sûr qu'elle est pour toi? Qu'elle t'a été destinée? Nous aurions tant aimé choisir une épouse digne de toi. Ce choix, la tradition l'impose aux parents, tu sais. » Première blessure. D'autres suivirent : mon père ne les consulta pas sur la date et le lieu du mariage. Et il ne fit rien pour que les futurs beaux-parents se rencontrent. « Mais qui sont-ils ? – Des gens importants. – Ce n'est pas cela qui nous intéresse. Sont-ils des gens bien ? – Oui. – Juifs pratiquants ? – Ils sont juifs. » Bah ! se disaient mes grands-parents paternels, tant que leur fils était heureux... « Es-tu heureux, Reuven ? » Il l'était, du moins il l'affirmait. Si seulement il pouvait servir de pont entre deux mondes, entre deux formes d'existence, entre deux familles si éloignées l'une de l'autre : il imaginait une conversation impossible, improbable, entre son père et sa belle-mère. Non, mieux valait ne pas y penser. « Nous surmonterons les obstacles, Régine, pas vrai ? – Lesquels ? – J'ai dit à mes parents que tu t'appelles Rachel. – Pourquoi as-tu menti ? – Pour ne pas leur faire de la peine. – Que peuvent-ils reprocher à Régine ? »

Ils avaient fait connaissance à la faculté des lettres. Membres d'une minorité discriminée, ils se parlaient, se fréquentaient, s'aimaient. Les parents de Régine s'opposèrent au mariage : ils auraient préféré un garçon plus riche, et surtout moins juif, c'est-à-dire : une famille moins gênante. Têtue, Régine plaidait sa cause. Brillant, Reuven fit le reste.

Au jour dit, peu avant la cérémonie, mon grand-père paternel prit son fils de côté :

« Je peux te parler quelques minutes ?

– Aujourd'hui ? Maintenant ?

– Maintenant.

– Est-ce si urgent?

– C'est peut-être l'unique occasion pour moi, la dernière. »

Mon père eut un geste de découragement, comme pour dire : Bon, vas-y.

« Ecoute, mon fils. Tu entres dans un monde qui n'est pas le mien; je m'y sens comme un intrus. Cela ne fait rien, il sera heureux, me dis-je, il sera heureux sans moi, loin de moi. Mais voici ma prière, mon fils : ne cherche pas le bonheur trop loin de nous; ta mère et moi, nous ne pourrions le supporter. Regarde : où sont tes frères, tes sœurs, tes oncles, tes cousins? Réfléchis : il y a fête chez nous – et les nôtres sont absents! Cela signifie quelque chose, fils, dis-moi ce que c'est. Je ne suis pas assez instruit pour tout comprendre : explique-moi. »

Mon grand-père, en parlant, venait de toucher l'épaule de son fils, puis sa main remonta jusqu'au visage pour le caresser une dernière fois.

« Explique... Tu ne peux pas? Tu me diras : il y a des choses qui ne s'expliquent pas? Comme l'amour? Et le bonheur? Possible, tu sais mieux que moi. Mais alors, autre chose : pas une question, seulement une supplique : tâche de demeurer juif. Je ne te dis pas de te laisser pousser une barbe, ni d'obéir aux 613 commandements de la sainte Loi; je te demande seulement de rester à l'intérieur de cette Loi. Souviens-toi de cela, Reuven. Souviens-toi de nous, souviens-toi surtout quand tu seras loin de nous. »

Mon père ne l'a jamais oublié.

Enfant, et même adolescent, j'accompagnais mon père à son lieu de travail : une bibliothèque de quartier, attachée au réseau municipal dont le siège est à la 42e Rue, près de Times Square. Je feuilletais des ouvrages variés de géographie illustrée ou de science-fiction, je me promenais dans les siècles et les personnages comme si j'étais leur invité officiel. Pour leur témoigner ma reconnaissance, j'aidais mon père à les épousseter.

Un jour, j'assistai à une scène bouleversante : un homme robuste et résolu se planta devant mon père et s'écria :

« Reuven!

– Shshsh!

– Reuven! Nous ne sommes pas au cimetière, parbleu! Je te retrouve, je suis heureux et tu aimerais que je dise shshsh?

– Si tu ne baisses pas la voix, c'est moi qu'on mettra dehors.

– Ne t'en fais pas, tu travailleras pour moi. »

Mon père referma le dossier qu'il était en train d'étudier et me fit signe d'approcher :

« Je sors pour quelques minutes; attends mon retour.

– C'est ton fils?

– Oui.

– Je ne savais pas.

– Tu ne pouvais pas savoir. »

Je ne parvenais pas à m'expliquer pourquoi cet échange anodin me troubla. J'examinai le visiteur.

Tout en lui était rectangulaire : les épaules, le menton, la bouche et jusqu'aux gestes.

« Je ne veux pas rester seul, dis-je.

– Mais tu ne seras pas seul.

– Si. Sans toi, je suis seul.

– Qu'il vienne », dit le visiteur.

Il me tendit une main lourde et chaude :

« Je m'appelle Bontchek. Ton père et moi sommes de vieux amis. Cela fait des années et des années que nous ne nous sommes pas vus, n'est-ce pas ?

– Oui. »

Ils dégageaient une intimité telle que je me sentais de trop ; je les suivais de quelques pas. Pourtant j'aurais souhaité entendre ce qu'ils se disaient. J'attrapais quelques bribes décousues : « Tu te souviens de la réunion où ?... » « Et le jour où cet imbécile de... » Comment resouder les morceaux détachés ? Bontchek le fit pour moi. Je le revoyais souvent. Il nous rendait visite. Il connaissait Simha-le-ténébreux. Pour des raisons que j'ignorais encore, il n'assistait pas aux réunions mensuelles. Il surgissait toujours à l'improviste, m'emmenait au théâtre yiddish et à des concerts de chants liturgiques où il investissait des fonds importants, me gavait de sucreries et de friandises, et me parlait, me parlait de Davarowsk d'avant-guerre, la province juive engloutie, les jardins d'été, les montagnes d'hiver : par ses évocations, il me faisait revivre toute une société avec ses héros et ses vilains, ses géants et ses nains. C'est lui qui m'avait décrit, en détail, le mariage de mes parents.

Et la suite.

La guerre : la séparation. La guerre c'est d'abord cela : la séparation. Des couples qui se défont, des serments qui se délient. Tu m'aimeras jusqu'à la fin de tes jours? Certainement, je t'aimerai jusqu'à la fin de ma vie. Tu feras attention? Je ferai attention. Le train quitte la gare et, du coup, un nouveau rythme vous accapare. Rien n'est plus comme avant : il s'agit de plaire au sous-officier, d'apprendre l'art de s'orienter dans la nuit; il s'agit de survivre.

Mobilisé, Reuven Tamiroff rejoint l'armée. En première ligne, toujours, il veut jouer le héros. Rarement fatigué, jamais au repos. Ses camarades officiers se moquent de lui, au début : « Quand même, ce fils de rabbins veut nous donner des leçons de patriotisme! » Ils deviennent condescendants après : « Oublions les mobiles, il n'est pas lâche : pas comme les siens. » Certains finissent par lui offrir leur amitié.

L'armée polonaise se bat courageusement, vaillamment, sacrifiant les meilleures de ses troupes et de sa cavalerie, mais elle est en retard sur une guerre ou deux : l'envahisseur l'écrase de son poids d'acier. Villes et forteresses tombent l'une après l'autre; partout, c'est la retraite; partout, c'est la défaite : le déchirement, la tristesse, l'humiliation.

Un mois de captivité. Angoisse. Evasion. Reuven Tamiroff, deux médailles militaires dans sa besace, rentre à Davarowsk, court chez lui, trouve l'appartement vide. Régine, où est Régine ? Il s'élance comme une flèche vers la villa : ses beaux-parents semblent désemparés par son retour miraculeux ; ils le félicitent de sa bravoure sur le champ de bataille, mais ne l'invitent pas à s'asseoir. En fait, il ferait mieux de filer sur Bokrotaï, chez ses parents : Régine s'y trouve aussi.

Filer sur Bokrotaï ? Pas facile. L'armée d'occupation a confisqué automobiles et chevaux. Reuven déniche une bicyclette : une heure plus tard, exténué, il pousse la porte de la maison qui l'a vu naître. Sa mère pleure, son père récite une prière, Régine, d'abord abasourdie, finit par l'empoigner par le bras et l'entraîner dehors, dans le jardin : là, ils s'enlacent avec une violence qui les surprend tous deux.

« Pourquoi n'es-tu pas restée à la maison ?

– J'avais peur.

– De qui ? Pour qui ?

– J'avais peur.

– Tu n'avais qu'à t'installer chez tes parents, dans leur villa.

– J'ai préféré venir vivre auprès des tiens. »

Elle explique, Régine. Elle a honte d'expliquer, mais elle ne peut se dérober :

« Ce n'est pas beau, mais c'est ainsi : avant l'arrivée des Allemands, j'ai suggéré à mes parents d'inviter les tiens, de leur offrir un abri. Mon Dieu, la villa est assez grande pour que nous nous y sentions tous à l'aise. Mon père m'a dévisagée comme si j'étais devenue folle ; comme si j'avais exigé de distribuer leurs biens aux pauvres ou décidé d'en-

trer au couvent. « Tu déraisonnes, répondit-il avec
« son sérieux coutumier et pompeux : tu nous vois
« frayer avec ces gens-là ? – Mais ils sont ma famil-
« le ! Ils sont en danger ! – Tu as besoin de repos, dit
« mon père. Va te coucher ; demain, tu iras mieux. »
Alors je me suis fâchée. J'ai quitté la villa en
claquant les portes. Et nous voilà. Une marche à
pied n'a encore jamais fait de mal à personne. »

Mon père se sent confus, incapable de prononcer
les mots qu'il faut. Il aime sa femme plus que
jamais ; il l'aime d'un amour plus que physique : il a
plus envie de la penser que de la toucher.

« Sois fier de ta Rachel, lui dit mon grand-père.
Nous le sommes. »

Et, après une pause :

« Dans notre tradition, c'est la femme qui assure
la continuité ; c'est elle qui porte et projette l'avenir
du peuple. Et c'est bien que ce soit ainsi. Tu ne le
penses pas ?

– Si. Je le pense. La femme marche mieux que
l'homme. »

Un souvenir : emmitouflé dans un chandail épais,
mon père travaille et, ému, je le regarde, je l'observe, tandis qu'il griffonne des remarques en
marge de son ouvrage préféré. Tout d'un coup,
inexplicablement, j'ai envie de le taquiner :

« Tu l'as redécouvert, tu l'as retraduit, très bien.
Mais tu n'enseignes plus la littérature ancienne ! Tu
n'es plus à Davarowsk ! Avoue que c'est drôle : tu vis

à Brooklyn, le centre hassidique de l'univers, et tu continues à voir en Paritus un guide, un Maître! »

Pas méchantes, mes remarques. Mais mon père perd contenance :

« Toutes les idées reflètent la même Idée, la même Idée de l'Idée; toute vie témoigne du même Créateur. Libre à toi de les croiser, mieux : libre à toi de vivre leur croisement. Chaque point est un point de départ, disait Paritus.

– Pourquoi emprunter deux chemins si c'est pour parvenir au même endroit?

– Tu as mal saisi ma pensée. Je n'aime pas arriver, je n'aime pas revenir. Mais j'aime marcher. »

Et, en baissant les paupières, il ajoute :

« Comme ta mère. »

– Ton père a changé, me disait Bontchek. Nous
avons tous changé. En premier lieu, nous étions
plus jeunes. Mais il y a autre chose : nous vivions
une grande aventure redoutable; le salut éternel et
la damnation se côtoyaient en chacun de nous, et
plus encore en ton père. C'était notre chef, tu
l'ignorais, pas vrai? Avoue que tu ne le savais pas.
Pourtant, c'est la vérité, petit : ton père, expert en
textes anciens, s'était réveillé un beau matin man-
daté par l'histoire de mener son peuple et de lui
épargner une mort que la science moderne avait
perfectionnée à un degré jamais encore atteint.

Je me souviens de la première fois que je l'ai vu
dans ce rôle : nous étions convoqués par le gouverneur militaire de Davarowsk, Richard Lander surnommé *l'Ange*. Il tenait à nous communiquer ses
plans concernant l'avenir – ou l'absence d'avenir –
de la communauté. Nous étions là, douze hommes,
debout devant un officier supérieur SS, et nous
nous demandions si nous allions encore retrouver

les nôtres : dans un village voisin, nous le savions, *ils* avaient fait venir vingt-quatre notables juifs soi-disant pour une réunion de travail; leurs cadavres avaient été rendus à la communauté, le lendemain, contre paiement de cent mille marks. Sur quelle base avions-nous été choisis? Nul ne le savait. Moi, je représentais un mouvement de jeunesse. Mais il y avait aussi le directeur de l'hôpital juif. Et le président de la communauté. Et le représentant du *Joint* américain. Et Rabbi Aharon-Asher. Et, naturellement, ton père. J'ai dit : naturellement? Je voulais dire le contraire. Sa place n'était pas avec nous; il n'était pas actif dans la communauté, je ne sais même pas s'il en faisait partie, je veux dire : s'il figurait sur nos listes. Mais il était connu. Une personnalité. Malgré son âge, il avait déjà atteint la célébrité grâce à ses travaux sur un philosophe latin obscur dont le nom m'a échappé alors, et continue heureusement de m'échapper aujourd'hui. Bref, l'officier nous tint un discours qui nous fit tous frissonner : au nom des autorités allemandes d'occupation, il nous transmettait des ordres qu'il nous incombait d'exécuter sans discussion; tout manquement à la tâche entraînerait la peine de mort pour nous tous. Car, depuis ce moment-là, nous formions un Conseil juif, sorte de gouvernement autonome pour les habitants juifs de Davarowsk. L'un de nous osa offrir sa démission : c'était, je pense, l'émissaire du *Joint*. Le gouverneur, poli, mais froid comme un ange, lui en demanda la raison : « Parce que, monsieur le gouverneur, mes fonctions officielles me l'imposent; après tout, je représente un organisme étranger. – Ah! bon, dit l'officier calmement, ah! bon. » Il ne prit pas son revolver, il se contenta de le regarder fixement, comme pour solliciter son avis : « Ici, dit-il si bas que nous devions faire un effort pour l'entendre, nul ne démissionne sans mon autorisation. Vous ne faites rien sans mon autorisation. C'est moi qui décide de votre vie et de votre mort : votre logique, votre raisonnement, votre espérance, votre comportement, votre envie, votre jalousie, votre angoisse, c'est moi, et moi seul, qui en détermine l'intensité et la durée. Me suis-je exprimé avec suffisamment de clarté? » L'émissaire du *Joint*, fort de son affiliation à la puissante Amérique, voulut répondre; je lui tirai la manche et ainsi peut-être lui sauvai la vie. « Bon, dit le gouverneur. Maintenant, il nous faut un président. » Et comme nul ne bougea, il enchaîna : « Un conseil ne peut fonctionner sans président. Eh bien, qui se porte volontaire? » Bien entendu, nul ne leva le bras : nous aurions préféré mourir. Instinctivement nous sentions les choses : un président qui préside par la grâce de l'ennemi finira par essayer de trouver grâce à ses yeux. Et aucun de nous ne voulait tomber si bas.

« Dans ce cas, dit le gouverneur, c'est moi qui prendrai la décision : toi, dit-il en pointant du doigt du côté de Rabbi Aharon-Asher. Tu es rabbin, tu sauras te faire respecter. » Un silence lourd s'appesantit sur nous. L'officier SS regardait le Rabbi, mais nous regardions le revolver noir, sur la table, à portée de sa main. Le Rabbi refusera, c'était à prévoir. Et son refus lui coûtera, nous coûtera cher, la vie peut-être. Si seulement je pouvais ne plus prévoir l'avenir, pensai-je avec colère. Si seulement je pouvais faire taire mon imagination. En pensée, je voyais la scène qui allait se dérouler : le Rabbi dira non, et l'officier, sans se départir de son calme effrayant, le tuera sur place, comme ça, debout. En effet, le Rabbi dit non, c'est-à-dire : il fit non de la tête qu'il avait belle, expressive, pleine de douceur et de force. « Tu oses ? dit l'officier. Je t'ai nommé président et tu as l'audace de décliner cet honneur ? Tu rends-tu compte qu'à travers ma personne et ma position tu viens d'insulter l'armée du Troisième Reich et son Führer bien-aimé ? »

Il n'avait toujours pas élevé la voix. Pour moi, c'était signe que ce salaud était un professionnel qui tuait froidement, avec efficacité et précision, sans haine, je dirais même : sans passion. Le Rabbi ne le comprenait-il pas ? Pourquoi n'acceptait-il pas les ordres, quitte à se débarrasser après de cette stupide présidence ? « J'aimerais expliquer mon refus, dit-il, mais je ne parle pas allemand. » Le directeur de l'hôpital juif s'offrit pour traduire du yiddish ; l'officier lui donna son consentement muet. « Monsieur le gouverneur disait que je saurais me faire respecter. C'est juste. Mais je n'ai nullement besoin d'un titre nouveau pour me faire respecter. Celui que je porte me suffit. Je vous promets d'en faire bon usage. Cela dit, avec votre permission, monsieur le gouverneur, j'aimerais attirer votre attention sur le fait suivant : en tant que Rabbi, j'exerce mon autorité sur les Juifs religieux ; mais pas sur les autres. Il vous faut donc – pardon : il nous faut donc

– quelqu'un qu'aucun segment de la communauté ne puisse récuser. » C'est étrange, mais l'officier avala l'argument. Et c'est ainsi que ton père, le célèbre interprète du philosophe latin au nom imprononçable, fut nommé chef de sa communauté.

En quittant la mairie devenue *Kommandantur*, ton père interpella le Rabbi de manière plutôt rude, mais je le comprenais : « Ce que vous avez fait n'est pas beau, monsieur le rabbin, lui dit-il, vous vous êtes dérobé tout en sachant qu'en le faisant vous nommiez quelqu'un à votre poste. Vous n'avez pas eu le courage de remplir vos devoirs, monsieur le rabbin, et cela me désole; je pensais que vous étiez un être honnête, intellectuellement honnête et intègre; je me suis trompé sur votre compte; vous ne cherchez que la facilité, le confort; ça vous plaît que l'on fasse le sale travail à votre place, et pour vous, pour que vous puissiez vous consacrer à Dieu : j'espère seulement que Dieu vous repoussera, qu'Il ne voudra pas d'un hypocrite de votre espèce! » Eh oui, il lui passa une de ces savonnades, ton père : nous étions tous bouche bée. Pâle, mais droit, le Rabbi ne lui tourna pas le dos, ni ne l'interrompit; au contraire, il l'écouta jusqu'au bout avec une intensité croissante et pénible. Puis, il lui répondit : « Je comprends votre dépit, mon jeune ami. Vous me jugez et vous êtes sévère. Me permettez-vous de vous éclairer? Je vous promets d'être bref. Pour épargner la communauté, j'aurais volontiers accepté le poste. Si je l'ai refusé, c'est parce que, croyez-moi, je pensais que, étant Rabbi, donc rabbin, cela me limiterait dans l'exercice de ces fonctions; je serais tenu de consulter les ouvrages de la *halakha* du matin au soir, pour chaque petit détail; or, je le sais déjà : nous allons vivre des temps singuliers; nous allons affronter des situations que n'évoquent pas nos livres; n'importe qui, autour de nous, est mieux équipé que moi pour remplir la tâche : parce qu'il n'est pas Rabbi, parce que vous ne l'êtes pas. Mais je vous aiderai, je m'y engage solennellement. Je resterai à vos côtés. Jusqu'au bout. » Il s'interrompit un instant, comme pour mesurer les paroles qu'il venait de prononcer.

« Jusqu'au bout », répéta-t-il.

« Tu te souviens, Reuven? interrogea encore Bontchek. Nous allions de miracle en miracle. Tu as traversé la rue sans te faire descendre? Un miracle. Tu as rencontré un SS et tu as pu rentrer chez toi? Un plus grand miracle. Dieu se cachait, se dérobait derrière ses miracles. *L'Ange* exigeait deux cent cinquante fourrures? On n'en possédait pas la moitié. Pourtant, à l'heure dite, elles lui furent remises. Et les caisses d'argent. Et les dollars, les napoléons. Comment as-tu accompli tant de miracles, Reuven, toi qui, à l'époque du moins, n'y croyais pas?

— Tais-toi, dit mon père, soudain très sombre.

— Mais ton associé, Rabbi Aharon-Asher, le petit-fils du célèbre prédicateur du même nom, y croyait.

— Tais-toi, répéta mon père. Le Rabbi était un

homme saint. On n'a pas le droit de ridiculiser un homme saint qui n'est plus de ce monde.

– C'est lui qui t'a ramené à la foi? J'ai donc raison de dire qu'il accomplissait des miracles! »

C'était le vendredi soir. Nous étions quatre autour de la table. Simha et mon père semblaient étrangement calmes. Simha qui chantait bien refusa de dire les cantiques d'usage. C'est à peine si mon père toucha aux plats. Seul Bontchek, légèrement ivre, manifestait sa bonne humeur.

« Tu te souviens de l'*Ange*? Dis, Reuven, tu t'en souviens?

– C'était qui? demandai-je.

– Richard Lander, dit Simha. Le gouverneur militaire. Tu le sais bien...

– Bel homme, hein? fit Bontchek en sursautant sur sa chaise. Toujours élégant, bien coiffé, rasé de près, sourire intelligent, mains gantées : quel homme cultivé, hein, quelle éducation! C'est injuste, vous ne pensez pas? Les tueurs devraient faire peur, notre *Ange* inspirait la confiance.

– Tais-toi, Bontchek, dit mon père. Ce n'est pas une conversation pour *Shabbat*.

– Mais c'en est une pour un jeudi soir, hein? Dans ce cas, pourquoi ne m'invites-tu pas jeudi prochain? »

Mon père et Simha échangèrent un regard gêné, et ne dirent rien.

« Moi, je trouve que le sujet convient parfaitement à l'ambiance du *Shabbat*, dit Bontchek. Après tout, il s'agit d'un *Ange*; or, que serait le *Shabbat* sans les anges du *Shabbat*? Tu vois, Reuven, j'en sais des choses, moi. Je ne suis pas rabbin, mais je suis érudit.

– Si nous allions chez les *hassidim*? suggéra mon père pour détourner la conversation.

– Bonne idée, dit Simha. Il paraît que le Rabbi de Belz, venu de Jérusalem, est en visite ici. J'aimerais voir comment il tient cour.

– Ses fidèles prient très vite, dit-on. La raison : pour déjouer le démon qui s'attaque aux prières juives pour les empêcher d'atteindre le trône céleste. Il s'agit de terminer avant qu'il n'arrive.

– Vous êtes déjà au ciel? s'écria Bontchek. Moi je suis encore au ghetto.

– Partons, dit Simha. Allons à Belz. En route, nous pourrons nous arrêter à Lubavitch ou à Wizhnitz. J'aime leurs chants.

– Moi, je reste, dit Bontchek.

– Moi aussi, dis-je.

– Tu ne veux pas venir avec nous? demanda mon père. D'habitude, tu aimes te promener le vendredi soir. »

C'est vrai : d'habitude j'aimais. Vendredi soir, à Brooklyn, on se promène dans un univers paisible et mélodieux : on se croirait en Europe centrale avant la catastrophe.

« Pas ce soir », répétai-je.

Et je restai seul avec Bontchek qui m'ouvrait les portes du ghetto de Davarowsk où *l'Ange* régnait en souverain.

– Veux-tu que je te raconte l'histoire à partir du commencement ? Le commandant Richard Lander apparut un jour en pleine séance du Conseil juif et nous annonça la nouvelle : « Berlin m'a chargé d'appliquer une mesure que je considère utile. Vous me faites confiance ? » Quelle question ! Bien sûr, les conseillers juifs, les habitants juifs de Davarowsk lui faisaient confiance : n'était-il pas notre protecteur, notre *Ange* bienveillant ? « Cela me désole de vous le faire remarquer si brutalement, mais franchement : les gens ici ne vous portent pas dans leur cœur. Vous n'imaginez pas la force ni l'étendue de leur haine. Si nous n'étions pas sur place pour les retenir, vous seriez bien à plaindre, croyez-moi. »

Nous le croyions, naturellement. Sincèrement, nous le croyions. Protégés par l'occupant, nos voisins de jadis jetaient bas leurs masques et nous couvraient de leurs crachats. Là-dessus *l'Ange* se lança dans un exposé savant sur les causes de l'antisémitisme : « La haine que tous les peuples vouent à l'égard d'un seul, le vôtre, est en fait regrettable mais en même temps indéniable. A quoi l'attribuer ? Comment l'interpréter ? » Soif d'argent et de pouvoir, vertus déformées et fossilisées, pulsions sexuelles dénaturées, goût de l'occulte, du mensonge, du meurtre rituel : tout y passa. Citations religieuses, slogans modernes : il était en forme, *l'Ange*. A mesure qu'il discourait – et c'était long, deux heures environ – je sentais l'angoisse qui m'inondait, comme à l'approche d'une menace implacable. « Pour votre protection, dit *l'Ange* en guise de conclusion, il a été décidé en haut lieu d'établir une zone spéciale où vos ennemis ne pourraient vous poursuivre. Elle porte un nom ancien, angoissant : le ghetto. » Enfin, un sourire effleura son visage : il venait de se rendre compte de l'effet du mot lâché comme par inadvertance. J'eus froid. Partout. Une main glaciale descendit le long de mon échine. « Je vois que vous êtes contents, dit *l'Ange*. Cela me prouve que j'ai affaire à des hommes intelligents et perspicaces. Bravo. Vous allez vivre des jours heureux. Et surtout sereins. Je vous le promets : vous serez chez vous. Dans votre petit royaume indépendant. Du monde extérieur et hostile, vous ne verrez qu'une seule personne : moi. Votre intercesseur. Votre fidèle ami. Votre Ange protecteur. » C'est ainsi que le sobriquet lui resta : *l'Ange*. *L'Ange* des lendemains incertains. *L'Ange* de la terreur. *L'Ange* de la mort. Car nous savions tous la vraie signification du mot ghetto; sa puissance suggestive, destructrice, cela faisait mille ans que notre mémoire collective en était imprégnée. Le ghetto voulait dire solitude, isolement, bannissement, famine, misère et peste.

« *Quand?* demanda ton père, dans une attitude plus raide que jamais. *Quand* le ghetto sera-t-il mis en place? *Quand* aura lieu le transfert, l'échange des populations? » Il avait posé ces questions sur un ton saccadé, mettant chaque fois l'accent sur le *quand*; c'était impressionnant, crois-moi. « Dans une semaine, répondit le gouverneur militaire. Mes services ont préparé les plans. Le ghetto comprendra neuf rues. – Lesquelles? – Les rues qui mènent au Petit Marché; des Juifs y habitent déjà, cela facilitera les choses. – Et les autres? Où comptez-vous mettre tous ceux qui résident dans les autres quartiers? – Vous vous serrerez un peu, vous serez en famille; un peu à l'étroit? Et après! Ce sera un des aspects charmants du ghetto : quand on s'aime, la promiscuité ne gêne personne, au contraire. » *L'Ange* jouait bien la comédie : aucun muscle de son visage ne trahissait son ironie. Avant de lever la séance, il se tourna vers ton père et lui dit : « Toi, dans le royaume de David, tu seras roi. » Et au Rabbi Aharon-Asher : « Et toi, tu en seras le grand prêtre. » Alors il éclata de rire. Et bêtement, je te le jure, ce rire me rassura.

A peine avait-il quitté la pièce que je remarquai à voix haute qu'il ne fallait pas voir les choses en noir : les perspectives d'une vie juive, à l'intérieur d'un système juif, comportaient des aspects positifs, car... Un coup d'œil de ton père me fit ravaler le reste de mon discours. « Qu'allons-nous faire? » demanda-t-il. Abasourdis, les conseillers juifs ne réagirent point. Ton père fut sur le point de répéter sa question, mais un secrétaire vint lui chuchoter à l'oreille qu'une personnalité importante l'attendait dehors : « Je suis occupé. – Je le lui ai dit, mais il insiste. – Qui est-ce? Un Allemand? – Non. C'est votre beau-père. » Ton père sortit. Devant la mine défaite de ton grand-père maternel, avec son mouchoir à la bouche, il ne put s'empêcher de lui décocher une flèche : « Décidément, tout arrive! Vous, ici! – Jamais je n'aurais pensé que je mettrais les pieds chez vous! Vraiment, cette odeur! Cette laideur! Comment faites-vous, mon cher gendre, pour les supporter? » Ton père s'impatienta : « Vous teniez à me voir d'urgence, de quoi s'agit-il? – J'ai appris de sources sûres que les autorités d'occupation vont établir un ghetto. Et nous forcer d'habiter avec... avec les gens de cette espèce. J'ai décidé d'aller nous installer dans la capitale où je compte des appuis en haut lieu. Venez avec nous. » Et, avec un soupir : « Et prenez vos parents aussi. Vous voyez, je suis moins méchant que vous ne le pensez. » Ton père, je le sais, il me l'a dit, sentit le sang lui monter au visage; des mots divers, entiers et écorchés, bourdonnaient à ses tempes : ghetto et *kaddish*, royaume et cimetière, salut et évasion. Le choix était-il si simple? Si son beau-père avait raison, le peuple juif était perdu : les vrais Juifs allaient périr; ne resteraient-ils que les renégats comme lui. « Je vous remercie, lui dit-il. Mais je ne peux pas. – Vous ne pouvez pas? – J'ai des responsabilités. J'ai charge d'âmes. – Et votre famille? – Parlez à votre fille. Elle est libre. – Je lui ai parlé. Elle refuse de se séparer de vous. » Ton père eut un sourire mélancolique, comme pour dire : Vous voyez? Nous sommes comme cela. « Vous êtes fou, dit son beau-père. Fou de vous exposer à des risques inutiles. Fou de ne pas songer à l'avenir, aux générations futures. – Fou? Possible. Mais si vous rencontrez un jour mon maître et ami Rabbi Aharon-Asher, demandez-lui de vous raconter l'histoire des poissons et du renard. » Le beau-père eut un geste de dépit et de dégoût, serra la main de son gendre et s'en fut. Ton père pensait ne jamais plus le revoir; il se trompait. Deux ou trois mois plus tard, la police ramena tes grands-parents maternels de la capitale. Juifs malgré eux, ils tombaient sous les lois antijuives. Leur place : dans la puanteur et la misère du ghetto.

Mais je m'égare : n'oublions pas *l'Ange*, puisque c'est *Shabbat* ce soir. Il venait fréquemment inspecter son royaume. Il semblait en savourer la pauvreté, la crasse, la douleur. De son regard, il enveloppait les ruelles, les cours bondées, les logis, les granges qui servaient de dépôts et d'asiles : il voyait sa création et la trouvait à son goût. En général, il apparaissait seul et repartait seul : c'est ce qu'il préférait. Dehors, il ne se déplaçait guère sans un essaim de lieutenants, experts, aides de camp et ordonnances SS. Mais à l'intérieur des murailles, il n'avait personne. Il allait, venait, s'arrêtait ici pour méditer, frappait à une porte, courtois, demandant l'autorisation d'entrer : « Ah! vous êtes nombreux à occuper cette pièce. » Si les locataires l'approuvaient, ils risquaient de perdre quelques-uns des leurs; s'ils protestaient qu'il y avait la place, d'autres leur étaient envoyés. D'habitude, on s'en sortait en lui disant respectueusement qu'on le laissait juge de la situation. Variation sur le même thème à l'hôpital : « Vous êtes sûrs, absolument sûrs, qu'il ne vaudrait pas mieux de faire évacuer certains malades graves sur un hôpital mieux équipé? » Mais son grand numéro, c'est à nous, le Conseil juif, qu'il le réservait : discours sur l'ordre public; discours sur la majesté de la puissance et, pour faire bonne mesure, la puissance de la majesté; complainte sur l'égoïsme des foules qui n'apprécient pas assez le culte de l'autorité et sur la bêtise de l'individu qui préfère la soumission à la domination; bref, il aimait parler, *l'Ange* du ghetto, il aimait s'entendre parler. Et nous, nous suivions chaque mot, chaque inflexion avec une intensité douloureuse, parfois grotesque, sachant qu'ils impliquaient la disparition ou la survie des nôtres. « Pour l'instant les choses ne vont pas trop mal, commentait le Rabbi Aharon-Asher après son départ. Il parle et nous écoutons, il enseigne et nous apprenons. Cela n'est ni crime ni péché. Notre devoir immédiat : la vigilance. Dès que nous sentirons un changement, nous aviserons. Une chose est certaine : nous n'allons pas devenir des instruments entre les mains de l'ennemi. Une autre l'est aussi : un jour *l'Ange* cessera de jouer; et nous aussi. Alors commencera l'épreuve véritable. »

« Tu as eu tort de ne pas nous accompagner, me dit mon père de retour de Belz. Tu aurais vécu des moments inoubliables. Ce *Shabbat* n'est pas comme les autres. »

Mais, moi, je vois Rabbi Aharon-Asher, j'écoute ses paroles à la fois graves et apaisantes, je le suis dans les ruelles encombrées du ghetto de Davarowsk dont les battements de cœur deviennent murmure languissant des malades, et je dis :

« Tu as raison, père. Ce *Shabbat* n'est pas comme les autres. »

Il fut un temps où je redoutais la solitude. Je sentais des esprits maléfiques rôder autour de moi; ils attendaient que je fusse seul pour m'enlever. Je n'en touchais pas un mot à mon père, naturellement, mais je m'arrangeais pour ne pas le perdre de vue. Je l'accompagnais partout. Les jours où je n'allais pas à l'école, je l'accompagnais à la bibliothèque.

« Tu ne vas pas t'ennuyer?

– Non.

– Sûr?

– Ne t'en fais pas pour moi. Je vais lire. »

En fait, je me contentais de regarder.

Tous ces abonnés qui fréquentaient la bibliothèque, étaient-ils conscients du fait que je les observais? Je suivais leurs mouvements, j'épiais chacun de leurs gestes, spontanés ou voulus, comme si j'étais chargé par la police de les surveiller. Je me disais : à force d'en savoir plus sur eux, j'en apprendrai davantage sur mon père. Naturellement, pour sauver les apparences, j'acceptais les quelques dizaines de dollars dont le directeur, majestueux, me faisait don tous les mois pour avoir remis à leur place les ouvrages récupérés; jamais il n'aurait soupçonné que mes mobiles étaient personnels, que l'argent n'y jouait aucun rôle.

Parmi les lecteurs fidèles, il y avait une femme d'un certain âge aux cheveux blancs, coquette; elle lisait toujours le même livre – un roman du début du siècle – d'un air épanoui. Emu par sa constance, je lui en fis cadeau. Jour mémorable pour elle et pour moi : elle le repoussa.

« Jeune homme, me dit-elle, vous ne comprenez rien à ces choses-là, vous êtes trop jeune. Vous croyez que je viens ici pour satisfaire mon goût de la lecture ? »

Effectivement, j'étais aveugle : elle venait parce qu'elle était amoureuse. Pas du roman en question mais de mon père.

Un homme élégant, cheveux grisonnants, front dégagé, chemise de soie, porte-documents de qualité, apparaissait tous les mercredis à la même heure, 15 h 14, ouvrait le premier tome que je lui tendais, pleurait un bon coup et s'en allait.

Cependant, le personnage le plus cinglé était un dénommé Donadio Ganz qui se prétendait originaire de Safed ou de Salonique, tout en niant, pour des raisons incompréhensibles, être sépharade. Ses visites étaient irrégulières et remarquées : il se promenait d'un rayon à l'autre, d'une salle à l'autre, l'œil furtif et hautain, tel un seigneur faisant le tour de sa propriété. D'ailleurs, il le disait : « Tous ces ouvrages sont à moi. » Et ils l'étaient non parce qu'il les avait achetés et revendus, mais parce que... parce que... Eh bien, quoi, vous ne comprenez pas? Pourtant, c'est simple : ces livres, c'est lui qui les avait écrits. Lui? Lui. Tous? Tous. Sauf les recettes de cuisine, reconnaissait-il d'un air faussement honteux. Mais les ouvrages historiques, les romans, les poèmes médiévaux, Maimonide et Ronsard, Descartes et Cicéron, Cervantès et Bahia Ibn Pekuda : ses pseudonymes, voilà la vérité.

Un jour, je le trouve assis seul à un pupitre, plongé dans la lecture d'Ibn Gabirol, hochant la tête, visiblement mécontent; je lui demande si je peux lui être utile.

« Malheureusement non, dit-il. C'est ma faute. Trois chants à réécrire. »

Redoutant une initiative inspirée de sa part, je reste près de lui. J'ai peur qu'il n'arrache les quelques pages « regrettables ».

« Ah! si seulement je pouvais tout recommencer, soupire-t-il. J'ai tant à faire, pardon : à refaire. »

Il me fait un clin d'œil. Nous nous comprenons. Inoffensif, pathétique, il me plaît, j'aime les fous. Je l'invite à prendre quelque chose en bas, à la cafétéria; il n'est pas facile de soutenir une conversation intelligente ici...

« Tu es le fils de Reuven, dit-il. Tu mérites l'honneur que je te fais en acceptant ton invitation. Si je n'étais pas occupé à me corriger, je ferais un livre sur lui. Quelle vie que la sienne!

— Vous la connaissez?

— Si je la connais? Qui lui a enseigné la philosophie? Et la littérature moderne? Et les sciences occultes, hein, qui les lui a fait découvrir? Pourquoi penses-tu qu'il travaille dans *cette* bibliothèque plutôt que dans une autre? J'y étais, j'y suis pour quelque chose. »

Ma chance, pensai-je. J'ai enfin mis la main sur un bonhomme qui connaît tout de mon père; et il faut qu'il soit cinglé.

Autour de nous, le bruit multilingue de la métropole, fantastique *melting-pot*, chaudron social et ethnique où les nouveaux immigrants viennent se plonger pour renaître changés, entiers, désireux d'affronter la vie et ses obstacles, le bonheur et ses pièges.

Je songe à mon père et aussi à ma mère. Je sais qu'ils avaient joué le jeu, surtout mon père, ma mère beaucoup moins. Je sais qu'ils s'étaient inscrits à des cours d'anglais pour adultes; qu'ils avaient étudié l'histoire, les mœurs et les lois de base de cette jeune et fière nation hospitalière. Assidu, mon père passa vite tous les examens; ma mère abandonna en route. N'empêche qu'ils aboutirent ensemble. Ensemble, ils obtinrent les « premiers documents », ensemble, ils devinrent citoyens des Etats-Unis. Je sais que, pendant des mois et des mois, mon père ne se séparait jamais de son passeport; même pour dormir.

Je regarde les hommes et les femmes qui s'agitent autour de nous et j'éprouve, envers leur pays et le mien, un sentiment de reconnaissance. Seul Israël accueille ses immigrants avec autant de chaleur et de compréhension.

Un étudiant de la *Yeshiva* d'en face, dans un coin,

feuillette un pamphlet séditieux; de temps en temps, ses yeux inquiets parcourent la salle. Pas de danger? Non, aucun danger. Rassuré, il rouvre le petit livre qu'il a dissimulé sous la paume de sa main. Plus loin, un couple d'amoureux : garçon portoricain et fille blonde scandinave; ils ne parlent pas encore la même langue, mais ils savent quoi faire, ils s'embrassent pour ne pas devoir s'expliquer, du moins pas par la parole.

Donadio Ganz, piètre observateur, trop occupé par ses propres « travaux », me raconte en détail comment l'idée lui est venue de rédiger un *Guide pour les égarés*, les *Dialogues* de Platon, *L'Éthique* de Spinoza; il me décrit la mansarde brumeuse où il avait dicté au philosophe panthéiste les éléments de ses ouvrages. Puis, il me fait part des vrais mobiles du suicide de Gérard de Nerval; nul ne le sait mais lui, Donadio Ganz, avait refusé de lui servir de « nègre »... Mais pourquoi, en fait, lui avait-il refusé ses services? « Ah! dit-il, tu ne le sais pas? Le poète aimait trop les nuits blanches, tandis que moi, Donadio, exténué, je voulais dormir... A propos, je me propose de reprendre son tout dernier poème, je lui dois bien cela... »

THEODOR HERZL dit quelque part que rien n'arrive jamais comme on le craint ni comme on l'espère. Au début, c'était sûrement vrai du sort des Juifs de Davarowsk. *L'Ange* n'avait pas tout à fait menti; bien ou mal, en soupirant ou en maudissant, on s'accommodait du ghetto; on s'y installait comme dans une maladie – avec l'espoir que tôt ou tard on s'en sortirait.

« Sois fier de ton père, me dit Bontchek; nous l'étions tous. D'abord, il nous servit d'écran; ensuite, il nous aida à ne pas oublier qui nous étions. »

Il s'excite, Bontchek, en faisant l'éloge de mon père. Sa voix chaude vibre d'émotion :

« Grâce à ton père, nous prenions conscience de nos obligations historiques. Tu comprends, mon petit? Moi, Bontchek, fils et petit-fils de brocanteurs juifs de Pologne, je n'ai jamais pensé à ma vie, à mon travail, ou même à mes activités sionistes en termes historiques : je ne savais pas ce que c'était, les considérations historiques. Dans le mouvement, nous parlions politique, scoutisme, agriculture et « excursions illégales » vers la Palestine. L'histoire, comme creuset vivant et humain, c'est ton père qui, le premier, nous la fit sentir. « Un jour, on écrira sur « nous dans les livres. » C'était sa phrase préférée. Et personne ne disait : « Que veux-tu que ça me fasse ? « une heure de joie, de plaisir, un instant de vie « valent plus que toutes les phrases mortes... » Au contraire, nous avions tous le sentiment qu'un chroniqueur bienveillant nous observait du haut de son poste futur. Nous nous exprimions avec plus de sincérité, nous agissions avec moins de nonchalance. Pour accomplir une mission. Pour en tirer bénéfice. Ton père, partout et en toute chose, nous servait d'exemple. »

Bontchek, devenu mon ami, trouve en moi un auditeur fidèle et fervent. Tout ce que mon père, par discrétion, me cache, lui va me le révéler. Avec lui, derrière lui, je désire entrer dans le ghetto et rencontrer ses habitants silencieux ou délirants. Je veux participer à leur agonie, adhérer à leur combat. Je tiens à entendre leurs prières du matin, assister aux spectacles montés par leur service culturel, subir l'angoisse de la nuit et celle, plus lourde, de l'aube. Je veux accompagner les affamés, les malades, les fous aux yeux tristes ou écarquillés, les vieillards muets, les fossoyeurs exaspérés, je veux me souvenir de chaque visage, cueillir chaque larme et chaque silence, je veux vivre, revivre ce que mon père a vécu ; sans cette connaissance, sans ce fragment de mémoire acquis après coup, je ne saurais m'approcher de lui, je le sens; il resterait toujours quelque chose d'indicible entre nous, peut-être même contre nous.

« Grâce à ton père, poursuivit donc Bontchek, nous avions appris à sentir les événements dans leur totalité. Les malheurs quotidiens, les épreuves individuelles et collectives, les périls, les menaces, mais aussi les défis, les prières, les actes de solidarité et de résistance : tu n'imagineras jamais de quoi une journée était faite. Chaque fois qu'il y avait un problème – et il y en avait sans cesse – ou qu'une crise éclatait – ce qui arrivait tout le temps –, c'est lui qui s'en occupait. Il jouissait de la confiance générale. Les riches le craignaient, les savants le respectaient, quant aux démunis, ils lui vouaient un véritable amour, un culte : il était leur nouveau frère devenu puissant, leur frère fidèle et généreux. Bien sûr, il y avait aussi les mécontents, les rouspéteurs éternels, c'est normal : il ne pouvait pas satisfaire tout le monde. Etre juste envers l'un signifiait être sévère envers un autre. Voilà le mot qui le désignait au ghetto : le juste. Il était la droiture même. Pas de petits services pour les copains; pas de faveurs achetées ou vendues; pas de discrimination. Ses parents, évacués de leur village sur le ghetto, avaient reçu le même logement que leurs voisins. Ses beaux-parents faisaient la queue pour les coupons divers distribués toutes les semaines par le Conseil juif. Ah! tu aurais dû les voir, ces anciens richards assimilés, ces snobs orgueilleux, au milieu des réfugiés en haillons sur qui, autrefois, ils n'auraient même pas daigné cracher... Je sais, mon petit : je parle de tes grands-parents, je manque de respect? Pardonne-moi. Mais, c'étaient vraiment des Juifs honteux, des Juifs qui nous faisaient honte... Pas comme les parents de ton père : ils étaient beaux à voir, crois-moi. Jamais ils ne se plaignaient. Jamais ils ne réclamaient leur dû. Jamais ils n'essayaient d'agir sur leur fils en leur propre faveur. Je pense à eux et, tiens, je souris, je leur souris. »

Et ma mère là-dedans? Pourquoi la passait-il sous silence? Obscurément, je sentais que sa maladie avait un rapport profond avec l'expérience du ghetto; et avec le refus de mon père d'en parler. Je sentais qu'elle détenait la clef de certains secrets, pas seulement les siens. Comment savoir? Comment m'y prendre pour découvrir la première piste? Je ne pouvais tout de même pas interroger un inconnu, un étranger – bon, admettons : pas un inconnu, plus un étranger – sur le passé de mes parents; c'eût été indécent.

Si, du moins, ma mère était en bonne santé, si elle habitait chez elle, chez nous, à la maison, entourée de soins, je me serais peut-être risqué à fouiller dans sa vie; j'aurais trouvé le moment opportun, un prétexte plausible. Mais sa maladie exigeait un certain respect, une réticence fondamentale. On ne joue pas au détective avec une mère en traitement, en clinique. Vraiment, il y a des limites...

Aussi, précautionneux, je prenais des détours. J'ouvrais maintes portes, je me montrais curieux sur mille épisodes, je voulais tout apprendre sur la vie du ghetto. Qui s'occupait de la distribution de l'alimentation? de l'éducation? du logement?

« Mon père, demandai-je par exemple sur un ton neutre, où logeait-il?

– Dans un appartement plutôt modeste, pour ne pas dire miteux. Note bien, mon petit, qu'en sa qualité de président du Conseil juif il avait droit à une résidence officielle, salon et salle de bain et tout le reste. Il n'en voulait pas. Il préférait une chambre poussiéreuse. Là encore, ton sacré père avec ses principes et son goût de la justice insistait pour montrer la voie. Si le président habitait dans le confort, les autres hauts ou petits fonctionnaires du Conseil et de ses agences en auraient fait autant sinon davantage. Non, ton père opta pour la modestie. L'austérité à outrance. Eau courante mais pas de salle de bain : il venait chez nous prendre ses douches. Comme tous nos collègues, quoi. A une exception près : notre Rabbi. Lui se rendait tous les matins à la *Mikva* pour ses immersions et ablutions rituelles. Autrement, disait-il, ses prières seraient sans pureté. Tu ne vas pas me croire, mais en hiver, à 20-30 degrés au-dessous de zéro, il y allait quand même, ce bonhomme étonnant, il plongeait son corps émacié dans les eaux glaciales de la *Mikva* que, faute de bois et de charbon, on ne pouvait chauffer. Remarque, il n'était pas le seul. Des femmes aussi, peu nombreuses il est vrai, s'y rendaient pour se conformer à la loi biblique. »

Puisqu'il mentionnait les femmes, je sautai sur l'occasion :

« Tu ne parles pas de ma mère, est-ce que...

– Pieuse, elle? Que vas-tu chercher là, mon petit?

– Mais... que *faisait-elle* dans le ghetto? A quoi s'occupait-elle?

– Elle travaillait. Tout le monde travaillait. Pour l'occupant ou pour les Juifs. Souvent, il n'était pas facile de distinguer entre les employeurs. Les médecins qui soignaient les malades pour les rendre aptes au travail n'aidaient-ils pas indirectement, involontairement les Allemands? Et pourtant... Pouvaient-ils refuser les soins aux Juifs? Comme les temps étaient compliqués...

– Ma mère travaillait à l'hôpital?

– A l'hôpital aussi. Et à la soupe populaire. Et au service d'hébergement. Les gens la traitaient avec beaucoup de respect; ni prétentieuse ni orgueilleuse, elle n'invoquait jamais sa situation privilégiée.

– Tu la voyais souvent?

– Tous les jours.

– Raconte.

– Que veux-tu que je te dise? C'était quelqu'un de bien.

– Encore.

– Cela ne te suffit pas?

– Raconte tout ce que tu sais.

102

– Les jours se ressemblaient au ghetto. Les nuits aussi. Les gens aussi. Pas ta mère.

– Elle était différente?

– Oui.

– En quoi?

– Elle souffrait.

– Etait-elle seule à souffrir? En quoi sa souffrance était-elle différente de celle des autres habitants du ghetto? »

Bontchek se renfrogna soudain :

« Toutes les souffrances sont différentes. »

Et il changea de sujet.

« C'est la faute de ta mère, dit Lisa du bout des lèvres, à la fois coquette et dédaigneuse.

– Qu'est-ce qui est la faute de ma mère?

– Ta timidité. »

Elle m'examina avec une feinte gravité et reprit en riant :

« Et tout le reste. »

Nous suivions le même cours au City College de New York. Elle, dix-huit ans. Moi, beaucoup plus. Vingt, presque vingt et un. Elle : la plus brillante de la classe, moi le plus réservé, d'après elle : le plus inhibé, le plus complexé. Dynamique, frivole, elle était frénétique, constamment à l'affût d'action et de découverte, bouillonnante de curiosité, de désir, participant à tous les projets à condition qu'ils fussent insensés, à toutes les aventures. Moi... Moi? Rien. Comme à l'école, ou même au jardin d'enfants, j'étais content de passer inaperçu. Ni le professeur ni les étudiants ne savaient qui j'étais; le plus souvent ils ignoraient jusqu'à mon existence : j'en étais à la fois troublé et rassuré. Mais il y avait Lisa. Lisa qui voyait tout. Et qui se mêlait de toutes choses. Lisa me débusqua comme si j'étais un malfaiteur.

« Tu te caches! s'exclama-t-elle d'un ton triomphant.

– Mais non, dis-je en rougissant.

– Tu rougis! Tu te caches et tu rougis! Je n'en crois pas mes yeux! D'où viens-tu? Qui es-tu? Moi je m'appelle Lisa, Lisa Schreiber, oui, comme le banquier, je suis sa fille unique et pas vierge. »

Autour de nous, ses admirateurs s'esclaffèrent. Je ne savais où fuir. Gauche, maladroit, je bredouillai des mots incompréhensibles. Lisa ne s'en amusa que davantage. Pourquoi cherchait-elle à m'humilier? Pour me dominer et me vaincre? Encore un instant, encore un mot et j'aurais éclaté en sanglots. Elle s'en rendit compte sans doute, car elle interrompit la séance de torture et me prit par le bras :

« Viens. Nous allons passer la soirée ensemble. »

Désarmé, je la laissai faire. Des garçons l'interpellaient, elle répondait en riant ou en se fâchant. Dehors, la rue animée lui déplut.

« On prend un taxi. Tu es fauché? Moi pas. Si tu m'épouses, tu feras une bonne affaire. »

Je n'avais jamais rencontré une femme pareille. Volontaire, insolente, pas belle, plutôt genre garce : rouquine sensuelle, possessive, attachante par ses

104

gestes abrupts. Seigneur, pourquoi m'as-tu abandonné?

Elle habitait une sorte d'hôtel particulier *uptown*,
90ᵉ Rue et 5ᵉ Avenue, immeuble à quatre étages,
mi-musée mi-palais, tapis et argenterie et meubles
anciens.

« Ne t'en fais pas, dit Lisa. Mes parents ne sont
pas à la maison. Ma mère voyage et mon père
surveille ses investissements. Couple idéal : lui
ramasse des millions et elle ramasse des amants. Je
te choque? Mais dis donc, dans quel siècle vis-
tu? »

Elle me poussa dans la cuisine, le bar, la bibliothèque, ouvrit bouteilles et boîtes, n'arrêtant pas de
parler ni de provoquer, un vrai tourbillon, et moi je
la suivis machinalement, en somnambule, tout en
me demandant ce que j'étais venu chercher chez
elle, avec elle, et pourquoi Dieu m'avait condamné à
l'égarement, et pourquoi mon cœur battait la chamade...

« Et, pour finir, le guide vous montre le sanctuaire : ma chambre. Excuse le désordre, d'ailleurs,
nous allons y ajouter un peu du nôtre, d'accord? »

Et, sans me laisser un moment de répit, elle me
lança un défi :

« Tu as le choix. Nous parlons maintenant et
nous faisons l'amour après, ou le contraire. Décide-
toi. »

La terre et le ciel se renversèrent et je sentis mes
genoux vaciller et ma tête qui tournait et mes
poumons qui étouffaient et mes années passées se

voilaient et devenaient épaisses, pesantes, écrasantes.

« Tu me plais, dit Lisa en me caressant le visage, puis la nuque, puis remontant aux lèvres. Tu me plais parce que tu es timide; tu es timide parce que ta mère t'a flanqué un tas de complexes. Nous ferons l'amour et tu me parleras d'elle, tu veux? Non? Alors parle-moi d'elle, nous ferons l'amour après. »

La terre et le ciel changèrent de place pour s'unir dans le même gouffre.

Bontchek, récalcitrant au sujet de ma mère, semblait fasciné par l'étrange amitié qui avait lié mon père au Rabbi Aharon-Asher de Davarowsk.

« Ils étaient inséparables. Le Rabbi avait tenu parole. Constamment aux côtés de son protégé, il le conseillait, le guidait, l'appuyait de son autorité. C'est le Rabbi qui avait incité ton père à étudier la Loi et ses commentaires. « Je ne te demande pas de « pratiquer la religion, seulement de la connaître, « lui disait-il. – N'est-ce pas trop tard pour commen- « cer? demanda ton père. – Jusqu'au dernier souf- « fle, avec le dernier souffle, le Juif peut et doit « poursuivre la connaissance, répondait le Rabbi. « Un instant avant de mourir, l'homme peut encore « tout découvrir de la création et du Créateur. » Et ton père, obéissant, se mit à étudier la Bible, les Prophètes, le Midrash. Tu imagines le bonheur de tes grands-parents? On était venu leur annoncer la présence de leur fils à un office de *Shabbat* chez le

Rabbi. « J'y vais, s'écria ton grand-père. Je veux le « voir, je veux l'embrasser devant tout le monde, je « veux lui dire ma fierté ! » Ta grand-mère, femme délicate et très sage, réussit à le retenir : « Notre fils « veut prier ? Laisse-le prier ; ta venue risque de « l'embarrasser. » Quelques jours plus tard je taquinai ton père : « Alors, Reuven, tu vas devenir rab- « bin ? » Il détourna son visage et murmura : « Ce « n'est pas le moment ni l'endroit de te moquer de « la foi juive. » Depuis lors, il se mit à fréquenter lieux de prière et d'étude, cercles de chant et d'art dramatique : il vécut sa vie de Juif de plus d'une manière. »

Les deux amis se promenaient souvent ensemble, échangeant idées et impressions. Venus d'horizons si différents, ils éclairaient la situation, l'analysaient, l'approfondissaient sans jamais aboutir à un accord entier : les certitudes de l'un devenaient pour l'autre interrogation et incertitude douloureuses. Leur préoccupation commune : sauver la population juive de la honte autant que de la persécution qui en était la cause, assurer la sécurité sinon la survie du plus grand nombre possible, le plus longtemps possible.

« Enseignez-moi, disait mon père, enseignez-moi la lucidité et la force. A partir d'où, au-delà de quel seuil ma vie doit-elle se muer en offrande, en sacrifice ?

– Notre tradition nous interdit le désespoir, répondit le Rabbi. Même quand le glaive touche ta gorge, tourne ta pensée vers le Ciel : l'intervention divine est rapide comme le clin d'œil.

– Aurai-je la force d'espérer, Rabbi?

– Notre Loi, depuis Moïse, s'oppose au sacrifice humain, or le suicide en est un, dit le Rabbi. Notre Loi, centrée sur la vie, s'oppose à la mort, même si on l'appelle pour des raisons dites élevées. Mourir à la place de notre prochain est interdit. »

Et tout en marchant dans le ghetto où tout semblait irréel, tant la mort y était présente, et tant l'intemporel s'était accroché au présent, tout en saluant les passants qui s'empressaient là où l'on distribuait quelque victuaille, le Rabbi racontait à mon père une histoire obscure de Rabbi Akiba et de Ben P'tura. Ces deux sages talmudiques s'étaient disputés au sujet de deux hommes qui marchaient dans le désert; ils avaient soif mais ne possédaient qu'une cruche d'eau : suffisante pour un homme, pas pour deux. Que faire? Qu'ils la partagent, dit Ben P'tura; l'amitié vaut plus que l'eau, plus que la vie. Quant à Rabbi Akiba, il décréta : Que le propriétaire de la cruche boive l'eau et qu'il traverse le désert, et qu'il vainque la mort. Parce que, c'est la Loi selon Rabbi Akiba : *Khayekha kodmin*, ta vie vient avant toute autre vie; s'il t'est donné de sauver une vie dans le désert tu n'as pas le droit de sacrifier la tienne.

« Je trouve cette loi choquante, dit mon père. Elle manque de générosité, de compassion, de fraternité. De la part de notre tradition, je m'attendais à autre chose.

– Que je t'explique, dit le Rabbi. *Khayekha kod-*

108

min signifie tout simplement que ta vie ne t'appartient pas. Autrement dit, ami : tu n'es pas libre d'en disposer. Voilà la substance de notre tradition : on ne joue pas avec la vie d'autrui ni avec la tienne; on ne joue pas avec la mort. Et pourtant... il est des cas où nous devons choisir la mort plutôt que la honte. Plutôt que l'abdication.

– Enseignez-moi », dit mon père.

Arrive le printemps qui gicle comme une éclaboussure. Taches de soleil, nuages déchiquetés, chaussées et routes meurtries. Les passants ne se hâtent plus, les écoliers ne jouent plus dans la neige. Encore une semaine et les dernières bourrasques auront disparu. Encore un mois et Central Park sera verdoyant. Encore un an et l'adolescent connaîtra un désespoir sans bornes.

« Parle, Bontchek. »

J'ai froid, lui non. Il boit et cela le réchauffe. J'ai besoin qu'il parle pour me tirer de ma torpeur.

Nous sommes assis sur un banc humide. Pas très loin de nous, des gouvernantes surveillent un groupe d'enfants qui crient en direction d'un autre groupe d'enfants qui, eux, pour une raison que j'ignore, ne crient pas.

Depuis notre première rencontre, nous passons beaucoup de temps ensemble, Bontchek et moi. Je néglige mes études et mes camarades. Bah! ils attendront. Rien ne presse, sinon ce besoin de connaître le passé de cet homme qui a connu le passé de mon père.

« Raconte, Bontchek. Les enfants, comment vivaient-ils dans le ghetto? Riaient-ils? S'amusaient-ils? A quoi jouaient-ils? »

Je pense à mon enfance, je la revois en cet instant; une flamme s'allume et s'éteint aussitôt. Visages d'institutrices, voix d'instituteurs, gestes abrupts et bruyants. « Allons, allons, un peu d'application ne vous fera pas de mal. » Moïse et Washington, Jérémie et Lincoln, Rabbi Akiba et Moby Dick, la Mishna et l'algèbre. « Allons, jeune homme, vous ne faites pas attention. » Mais si, je fais attention. Sholem Aleikhem et Mark Twain. « Vos parents travaillent dur pour payer vos études, et vous... » Je sais, je sais. Mon père ne se ménage pas, il tombe de fatigue, il travaille, il travaille du matin au soir parce que les cours sont chers, et la clinique, et la vie, je sais. Le lycée, le collège, les examens, je sais, je sais.

« Alors, Bontchek, tu rêves? Tu ne dis rien? »

Il boit encore un coup, on dirait un clochard, mais nous ne sommes pas sur la Bowery, en bas de la ville, nous sommes à Central Park, le plus grand, le plus vert, le plus noir, le plus travaillé, le plus dessiné et perfectionné parc du monde, mon cher, vous ne le saviez pas? Si, Bontchek le sait, et voilà qu'il se remet à évoquer ses souvenirs, j'allais dire nos souvenirs communs. Est-ce sa puissance romanesque? Est-ce ma soif de connaissance? ma soif de présence peut-être? Sa voix m'habite. La ville et ses saisons, les gratte-ciel et leurs reflets aveuglants, la vie et ses mesquineries puériles et périlleuses ne me parviennent plus qu'à travers une musique ouatée, étouffée, monotone et infiniment douloureuse.

« Je revois le ghetto et je ne comprends toujours pas comment j'ai fait, comment nous avons fait pour nous soumettre à ses exigences. En y entrant, on laissait derrière soi le XXᵉ siècle. Le raisonnement, les habitudes, les contrats sociaux avec leurs avantages et contraintes, les diplômes et les titres : laissés pour compte de l'autre côté de la muraille. Pour la première fois de notre histoire, la connaissance devenait inutile au même titre que la fortune : elles ne servaient même pas de repère. Tout d'un coup, happé par l'événement imprévu, tu vivais une vie plus réelle et moins réelle qu'avant : chaque heure pouvait être la dernière, la somme de ton existence. Ecoute voir, mon petit : même du point de vue logistique, ce que nous faisions tenait du miracle, ou du moins du prodige. En moins d'une semaine, toute une communauté, donc toute une ville, donc tout un monde devait déménager et emménager. Les familles, qui venaient de couches sociales variées, différentes, se retrouvaient soudain dans le même immeuble, que dis-je : dans le même taudis. Sais-tu, mon petit, que ce taudis répugnant et moisi devenait foyer et aimant dans l'espace d'un matin? On s'y attachait vite. La demeure ancienne : oubliée. Le style, le confort : effacés de la mémoire. Les nouvelles lois qui transformaient le ghetto en un lieu fantasmagorique, les enfants très vite s'y adaptèrent. Nous traversions un temps condensé :

on acquérait des habitudes en un clin d'œil. A peine installé, tu étais un vétéran. Etrange, mon petit : notre communauté vieille de plusieurs siècles subissait un changement radical dans ses structures et ses composantes, et cependant, les premiers soubresauts passés, la vie redevenait normale, les hommes se saluaient dans la rue, les femmes faisaient la cuisine, les mendiants mendiaient, les fous ricanaient, et l'histoire progressait. »

Cependant, Richard Lander poursuivait son œuvre sournoise. Les privations empiraient. Les exigences de l'occupant se multipliaient. Les Juifs n'avaient plus le droit de posséder objets de valeur, monnaies étrangères et bijoux, ni de communiquer avec l'extérieur. Puis ils durent s'enrôler dans les brigades de travail. Par centaines, ils quittaient le ghetto le matin et se rendaient aux chantiers divers pour réparer les rails du chemin de fer, couper du bois dans la forêt, construire baraques et magasins, nettoyer cuisines et dépôts, entretenir ateliers et bureaux des casernes militaires. « Notre but est purement pédagogique, disait le gouverneur. Nous allons vous apprendre à vous défaire de la paresse. Pervertis par le Talmud, vous allez enfin vous rendre utiles en faisant des choses concrètes, nécessaires et importantes! »

Dans le tour d'horizon quotidien qu'il faisait devant ses collègues, mon père ne chercha guère à minimiser ses appréhensions :

« Nous sommes pris au piège. Pour respirer, pour

vivre, nous sommes contraints à composer avec l'ennemi, lequel, nous en sommes conscients, se servira de nos efforts pour nous empêcher de vivre; plus précisément : pour vivre nous allons aider l'ennemi à mieux nous tuer... Mais... »

Les membres du Conseil juif du ghetto de Davarowsk, habitués au rythme et à la pensée de mon père, retinrent leur respiration : il y avait toujours un mais.

« Mais si nous disions non tout de suite? Si nous répondions que, dans cette guerre, Allemands et Juifs ne peuvent être du même côté? Si nous disions, simplement et fermement, que, à la rigueur, nous admettons le fait de leur supériorité physique et militaire sur nous, qu'ils peuvent forcer des individus à travailler pour eux, mais qu'ils sont incapables de nous forcer, nous, à *faire* travailler, c'est-à-dire à désigner nos frères pour des tâches infâmes... »

Mon père s'était exprimé sans passion ni emphase. Il avait simplement exposé le problème. Une discussion agitée s'ensuivit. Certains prêchaient le refus et l'opposition, d'autres la soumission feinte et temporaire. Ce fut le Rabbi qui eut le dernier mot :

« Lorsque notre ancêtre Jacob se préparait à affronter son frère ennemi Esaü, dit-il en se caressant le menton, comme il faisait souvent en prononçant ses sermons et discours, il disposait de trois options : l'argent, la prière et la guerre. La guerre est toujours la dernière mesure à envisager. Essayons les autres. Les travaux forcés? On n'en meurt pas. Au contraire, ils nous feront gagner du temps; et nous en avons besoin. Demain, nous verrons plus clair. »

Une voix anonyme se fit entendre :

« Et la prière, Rabbi? Et si nous essayions la prière? »

Les conseillers s'entre-regardèrent pour identifier l'insolent. Le Rabbi passa sa main droite devant les yeux et répondit doucement :

« La prière? En fait, oui, pourquoi pas? Seulement le temps nous manque... Et nos prières sont lentes. »

Mon père insista sur un seul principe, celui de l'égalité devant le danger. Tous devaient le partager. Sur sa proposition, les membres du Conseil juif partirent, les premiers, à titre volontaire, pour les travaux les plus durs. Ils rentrèrent le soir épuisés mais fiers.

– Il fallait nous voir, continua Bontchek en s'essuyant la bouche du revers de la main après avoir avalé encore un verre. Il fallait nous voir comme bûcherons. Le directeur de l'hôpital, le Rabbi, ton père : les Allemands nous observaient en pouffant de rire. Moi, plus jeune et plus robuste, j'étais le meilleur travailleur, pour te dire... Cela ne faisait pas sérieux, mais l'important c'était de faire semblant. De jouer le jeu. Au bout de deux ou trois jours, nous étions passés maîtres. Aucun profit pour les Allemands, je veux dire : aucun profit pratique, concret – non, j'y pense : ce sont eux qui nous ont roulés. Ils ne voulaient pas de notre travail; ils voulaient nous abaisser. C'était un jeu? Soit. Mais c'étaient eux qui tiraient les ficelles. Ils tenaient à nous voir ainsi : manipulant les apparences, nous enfonçant dans la duperie et le mensonge... De toute façon, après une semaine, *l'Ange* renvoya les membres du Conseil à leurs fonctions officielles. Suivit une période, eh, comment dire, plutôt idyllique. Les gens paraissaient contents. On disait : cela pouvait être pire. Ou bien : avec un peu de chance, nous vivrons ainsi jusqu'à la fin des hostilités. Dans les rangs de mon mouvement, j'essayais d'organiser un début de résistance; impossible de convaincre mes amis et camarades. Ils disaient : résister, c'est mettre en danger la vie de la communauté. Certains, peu nombreux, acceptaient de m'aider à chercher des voies clandestines hors du ghetto, hors du pays, pour partir en Palestine. Comme tu me vois, mon petit, j'avais réussi à établir des contacts avec nos amis à l'étranger. C'est moi, comme tu me vois, qui avais accompagné le premier groupe en Hongrie puis, de là, en Roumanie. Jusqu'au port de Constantza. Le bateau, barque misérable de pêcheurs, je m'en souviens encore. Et aussi, la moustache sale du capitaine, le sourire narquois du policier dont nous avions graissé la patte. Il faisait beau : juillet ou août. Le vent du matin. Les bruits du port émergeant de la nuit. Le départ de mes amis; et moi sur le débarcadère. J'avais froid. Je frissonnais littéralement de froid. L'imbécile que j'étais! j'aurais pu partir avec le groupe; ils m'avaient supplié; il y avait là, parmi eux, une jeune fille – Hava – pour qui j'avais le béguin. Le savait-elle? Le sentait-elle? A la dernière minute, en nous disant au revoir, elle m'attira et m'embrassa sur la bouche. Je crus attraper une apoplexie, tant mon cœur battait la chamade. « Tu restes? me demanda-t-elle. Tu veux donc rentrer? » Sous le coup de l'émotion, je ne savais pas quoi répondre. Les mots ne m'obéissaient pas, ne sortaient pas de ma gorge. Pourtant, mon petit, tu veux savoir la vérité? J'avais envie de la suivre, de ne plus la quitter, eh oui, j'en avais envie. Mais j'étais bête. Et naïf. Je me disais : mes copains ont besoin de moi à Davarowsk; le Conseil compte sur moi; ton père ne pourra pas se passer de moi. Et puis : je ne pensais pas que les choses allaient tourner si mal. Personne ne le pensait. Me voilà donc, ricanant comme un hussard éméché, de retour au ghetto où je raconte à ton père mes glorieuses aventures.

Le ghetto de Davarowsk, je le connais maintenant. Je m'y oriente aisément. Les visages gris des travailleurs, les yeux vides des malades, je saurais les décrire. Le bureau de mon père, le *shtibel* clandestin du Rabbi, l'infirmerie officielle et l'autre souterraine, où l'on soignait les cas graves et les victimes de l'épidémie. C'est comme si j'y avais vécu.

Bontchek, intarissable, me sert de guide et de maître; pour m'initier, il replonge dans ses propres souvenirs, y cueillant, en chantonnant, images insolites, scènes irréelles, extraits de vie qui vont, pendant des nuits et des nuits, alimenter ma fantaisie.

J'aime l'écouter autant qu'il aime raconter, autant qu'il aime boire. Parfois, dans mon impatience, je le bouscule légèrement : il s'est arrêté trop longtemps sur un détail que je juge inintéressant, ou au contraire il a passé trop vite sur un épisode où je soupçonne un prolongement mystérieux; alors il se fâche en bougonnant : « Qui raconte, moi ou toi ?

Qui était là-bas, toi ou moi? Ou bien tu me laisses parler, ou bien je m'en vais. » Tant pis, rien à faire. Je suis entre ses mains; je suis son prisonnier; sans lui, mon imagination demeurera éteinte.

C'est lui qui me fait part de la fin non du ghetto, mais de la carrière présidentielle de mon père.

– Un soir d'été, il fait chaud, nous jouons avec les étoiles, nous tissons des rêves, nous nous enveloppons de leur nostalgie bienfaisante, un soir d'été, donc, voici la terre qui se met à trembler : ton père nous convoque en séance extraordinaire. Pourquoi extraordinaire? Parce que. Ton père adorait ça. Pour lui, en ce temps-là, rien n'était ordinaire. Un Juif battu ou abattu et hop, le Conseil se réunissait pour discuter. Une femme, malade, s'évanouissait dans la rue et voilà ton père qui consigne le fait dans la Chronique officielle du ghetto. Il détestait la routine, ton père. « Le jour où une tragédie humaine, n'importe laquelle, sera traitée chez nous comme un événement ordinaire donc sans importance, ce jour-là marquera la victoire de l'ennemi », nous répétait ton père à longueur de journées. Autrement dit, une séance extraordinaire de plus n'aurait pas dû nous émouvoir outre mesure. Mais ce soir-là, il avait raison. Il s'agissait de... Ecoute, petit :

Un détachement de travailleurs n'était pas rentré au ghetto : une cinquantaine d'hommes. Yanek, Avrasha-le-rouquin, les deux commis du négociant en fruits et légumes Sruelson, un copain à moi avec qui je jouais aux cartes les nuits où j'étais de service au Conseil : des hommes droits, qui n'avaient pas froid aux yeux. Où étaient-ils passés? S'étaient-ils tout simplement attardés en route? Les avait-on transférés? C'était la première fois que nous nous heurtions à telle disparition : pourquoi te mentir, mon petit, je suais la peur. Quelqu'un suggéra d'envoyer un coureur – l'envoyer où? Dans la forêt, pardi. Au chantier où le détachement exécutait des travaux ni trop durs ni trop légers. Je connaissais une fille blonde, blonde comme une Polonaise et même comme une Allemande; elle s'orientait dans la région. Elle faisait partie de mon mouvement de jeunesse. Pas belle mais douée comme mille diables, ou peut-être devrais-je dire : comme mille comédiens. Elle accepta la mission. Elle glissa à travers les barbelés, disparut de notre vue et revint deux heures plus tard : pas de nouvelles, mauvaises nouvelles. Elle n'avait rencontré personne. Il était déjà onze heures trente du soir. L'affaire devenait plus qu'inquiétante. Entre-temps, les familles des disparus s'amenaient au Conseil, c'est naturel : « Qu'est-ce qu'il se passe? Dites-nous donc : qu'est-ce qu'il se passe? » demandaient-elles. Et nous, nous aurions aimé être en mesure de les renseigner. Vers qu'il se tourner? Quelq'un – c'était le représentant du *Joint* – remarqua soudain : « J'ai vu ce matin un groupe de SS. Des types nouveaux. Je me demande si leur apparition n'aurait pas de rapport avec... » Ton père, ennemi de tout ce qui peut susciter l'hystérie, l'interrompit : « Quel rapport? Aucun rapport. » Bon, aucun rapport. Mais nos cinquante Juifs avaient tout de même disparu. Et nous, en tant que membres du Conseil, étions censés être au courant. Quelqu'un suggéra à ton père de contacter les autorités, plus précisément *l'Ange*. Si tard? Pourquoi pas, puisqu'il s'agissait d'un événement extraordinaire, d'une urgence. Ton père accepta. Il décrocha le récepteur, fit le numéro et se présenta : Ici, le docteur Reuven Tamiroff, président du Conseil juif qui demande à parler à... Il n'acheva pas la phrase : de l'autre côté, on lui avait raccroché au nez. Impassible, il refit le numéro. Une voix neutre lui répondit de ne pas déranger la *Kommandantur* si tard; qu'il pouvait, s'il le désirait, rappeler le lendemain. Quelqu'un demanda : « Tu ne connaîtrais pas son numéro privé par hasard? » Non, il ne le connaissait pas. Quoi faire? Attendre. Toute la nuit? Et demain, s'il le fallait. Aucun de nous ne rentra chez lui. Au contraire, nos épouses, nos enfants vinrent nous rejoindre. Ensemble nous passâmes la nuit à envisager mille hypothèses optimistes et pessimistes; ensemble nous scrutâmes la nuit au-dehors. Le ciel était étoilé et beau, si beau qu'on avait envie de lui consacrer une prière. Pourquoi le ciel est-il si bleu, si profond chaque fois que se trame une tragédie?

Les étoiles s'éteignirent par à-coups, en groupes, puis seules, par lassitude. Puis il fit sombre, plus qu'avant, plus que jamais, et puis ce fut l'aurore : plus rougeoyante et plus dorée que jamais. Le ghetto sortit de la nuit comme à contrecœur : comment prévoir la journée qui s'annonçait, si lourde de présages? Trouverais-je la force, les soutiens nécessaires pour traverser les heures qui figurent déjà dans un registre invisible, celui où Dieu sépare les vivants des morts? Assis la tête dans ses mains, Rabbi Aharon-Asher récite à voix haute et brisée le passage de la Bible qui décrit en détail les châtiments et les malédictions que subira notre peuple s'il cède à la tentation de transgresser la Loi. « La nuit, tu prieras que vienne le matin, et le matin que tombe la nuit... » Voici le matin; il porte le sceau du destin. Le rouge devient pourpre, l'or s'émiette et se fait poussière. Ton père téléphone aux autorités allemandes de la *Kommandantur* : « Pas encore arrivé. » Le gouverneur prend son temps; on l'attend. Il ne tardera pas. Pourtant, il est en retard : « Rappelez. » Plusieurs conseillers juifs se précipitent à la porte du ghetto. Nous interrogeons les sortants : Hier, n'ont-ils rien vu hier? Rien aperçu? Rien de suspect? Hier, ils n'ont rencontré aucun des disparus? Aucun? Par hasard peut-être? Non. Sûr? Les heures traînent, maussades; les heures filent, énervées. Sont-elles les mêmes? Et nous, sommes-nous les mêmes? Et tous ces enfants effrayés, toutes ces femmes qui nous implorent de leur rendre maris et pères, comme s'il était dans notre pouvoir de les ramener... Finalement, ton père décide de ne plus se fier au téléphone. Il a un permis pour circuler en ville, il l'exhibe au gardes qui le lui rendent sans un mot et lui font signe de franchir le portail. Le voilà de l'autre côté. Accélérant le pas, il court à la *Kommandantur*; les sentinelles l'attendent et l'accompagnent jusqu'au bureau du gouverneur. *L'Ange* l'accueille chaleureusement, l'invite à s'asseoir, s'excuse de n'avoir pas su qu'il cherchait la veille à le joindre : il joue bien, mais ton père n'est pas d'humeur à apprécier, il est contraint de faire une chose qu'il n'a jamais faite et qui risque de lui coûter cher, il lui coupe la parole : « Cinquante hommes ont disparu comme si la terre les avait engloutis, les autorités allemandes d'occupation sont-elles au courant ? » Le gouverneur, les bras croisés sur la poitrine, sourit aimablement : « Mais bien sûr, nous sommes au courant, c'est notre devoir de tout savoir. » Il dénoue ses bras et les pose devant lui sur le bureau : ah ! qu'il est désolé, le gouverneur militaire, si désolé de n'avoir pas songé à prévenir le président du Conseil juif pour le rassurer, dommage, il s'agit d'une omission, d'un oubli, il allait le faire, mais le travail, cher monsieur le président, le travail, vous savez ce que c'est, les soucis quotidiens, les problèmes nouveaux, la guerre, vous comprenez... Ton père réclame des précisions : où sont-ils, ces cinquante hommes ? Comment les joindre ? Quand seront-ils de retour ? N'y a-t-il pas de malade parmi eux, de blessé ?

N'oublie pas : nous sommes encore dans la première phase de l'épreuve ; l'ennemi porte des masques multiples ; et nous sommes crédules, nous voulons l'être. Quand *l'Ange* joue l'ami protecteur, le défenseur du travailleur juif « qui contribue de son mieux à l'effort de guerre du Troisième Reich », nous marchons à fond. Et il est en forme, le personnage. Il mobilise tout son charme, toute son énergie verbale et sentimentale pour rassurer ton père. « Vous avez tort de vous inquiéter, cher président, lui dit-il. Vos Juifs ont été transférés, tempo-

rairement, je vous le jure, tout à fait temporaire-
ment, dans une nouvelle *Baustelle*, un chantier
important où ils vont exécuter une tâche urgente et
plutôt secrète, comprenez-moi... Ne craignez donc
rien. Dès que le travail est achevé, ils seront de
retour, je vous le promets, vous ai-je jamais menti?
Ils seront réunis avec leurs familles, allez, déridez-
vous, leur retour est une affaire de jours... » Ton
père, pas bête, devine que cela ne va pas du tout,
mais il sait également que mieux vaut ne pas le
montrer; il sait qu'il ne faut surtout pas démasquer
un menteur puissant qui se croit bon menteur, c'est
trop dangereux; dès qu'il se sait dévoilé, dès qu'il
sait qu'il n'amuse plus, il devient féroce, cruel,
meurtrier. « Merci, merci beaucoup », dit ton père.
Il prend congé et rentre au bureau. Nous sommes
suspendus à ses lèvres : Alors? Qu'est-ce qu'il se
passe? Il n'est pas pressé, ton père. Il est indécis. Il
n'arrive pas à se faire une idée de la situation. De
quoi le lendemain sera-t-il fait? Nous, nerveux
comme des malades, fiévreux, nous essayons de
déchiffrer les traits de son visage, nous tentons de
mesurer la densité et la signification de son silence.
« Alors? Raconte... » Imperceptiblement, il baisse le
front comme pour cacher son regard. « Rien, dit-il,
rien de précis, sauf que... » Et nous de l'assaillir :
« Que nous caches-tu? » Certains se fâchent. « Je
n'arrive pas à me faire une idée, dit-il. *L'Ange* est
aimable; il prétend que les cinquante hommes vont
bien, qu'ils vont revenir, que nous nous imaginions
des choses... Mais... moi, j'ai une drôle de prémonition, qui me dérange. » Nous hurlons tels des fous :

« Des prémonitions, toi? Depuis quand es-tu supers-
titieux? » Nous le bombardons de questions interminables. Le pauvre, il ne peut que hocher la tête.
« Je ne sais pas, dit-il... Je ne sais qu'une chose : J'ai
une étrange prémonition... »

Entre-temps, la vie continue, il faut bien. Les
détachements se rendent au travail, les enfants à
l'école. Un jour ordinaire s'écoule. Deux. Trois. Les
disparus, on y pense, mais on n'en parle plus : c'est
la loi non écrite du ghetto. On ne parle pas des
sujets qui risquent de casser l'équilibre; on ne
mentionne pas ce qui déchire le voile de l'avenir.
En quelques heures, on s'est installé dans de nouvelles habitudes. Les disparus? Ils finiront bien par
réapparaître un beau matin. Sans doute logent-ils
dans un autre ghetto, à Kolomeï peut-être, ou à
Kamenetz-Podolsk; ils achèveront leur travail et ils
seront renvoyés chez eux, chez nous. Patience. Et
surtout : pas de panique. Seulement, vois-tu, mon
petit, les choses qui doivent arriver arrivent; ce
n'est pas en détournant la tête qu'on les fait dévier :
si elles doivent nous tomber dessus, il ne sert à rien
de refuser de les voir... Un soir, nous apprenons la
nouvelle, et elle est tragique, je dirais même affreu-
se, les cinquante disparus, on les a retrouvés. De
l'autre côté de la forêt. Dans une ravine. Fusillés.
Une balle dans la nuque. Un camarade à moi,
bûcheron de son état, avait remarqué quelque
chose; près de l'endroit où il travaillait, il a vu le sol
convulsé; il s'est approché pour inspecter; il a
glissé : la terre s'est fendue. En tombant, il s'est
retrouvé parmi des cadavres. Heureusement, il était

seul; ainsi il n'y a pas eu de panique, pas d'hystérie.
Il est venu me voir le soir; il tremblait comme une
feuille : « Tu as pris froid », je lui dis. Il ne répond
pas, il ne fait que me regarder. « Qu'est-ce que tu
as? » je lui demande. Il me regarde toujours, il ne
fait que me regarder. Nous étions au bureau et des
gens commençaient à nous observer. « Sortons »,
dis-je. Mon camarade me suit dans la rue. Dans le
brouhaha général, personne ne prêtera attention.
On peut tout dire. Et il me dit tout. Ma réaction? Je
veux vomir. A l'intérieur, je l'aurais fait. Dehors, je
dois me retenir. Ce n'est pas facile. L'envie est
irrésistible. Tout cracher. Tout rendre. « Tu es sûr
que tu n'as pas rêvé? » je lui dis. Sûr. « Que tu n'as
rien inventé? » Sûr, sûr. Il est sûr, mon camarade. Si
je ne le crois pas, il est prêt à me conduire sur le
lieu. « Non, dis-je, pas nécessaire, pas encore.
Retournons au Conseil. » Je prends ton père de
côté, je lui dis qu'il ferait bien de convoquer une de
ses séances extraordinaires. Ton père ne pose pas
de questions inutiles, il me connaît; je ne parle pas à
la légère. Et puis, ces séances, il les aime, je te l'ai
dit. En outre, pas difficile de lancer les convoca-
tions; les conseillers sont tous là, tout le temps, sauf
le Rabbi qui s'absente parfois pour étudier, prier ou
enseigner; mais on sait où il s'abrite : en moins
d'une minute, il est prévenu. Nous voilà dans la
salle des réunions. Ton père me passe la parole. Je
dis : « Je désire vous présenter un camarade à moi;
écoutez-le. » Nous l'écoutons. Depuis Moïse, aucun
Juif n'a eu un auditoire plus attentif. Tous les yeux
s'embuent de larmes, tous les visages se tordent, se

figent, s'effondrent. Cela fait un bon moment que mon camarade ne parle plus, mais nous l'écoutons encore. Qu'attendons-nous? Je ne sais pas. Nous attendons peut-être qu'il se rétracte en hurlant, en riant; qu'il s'écrie : « Hé! bonnes gens, le rapport n'est pas fini, écoutez la suite : les morts se sont tous levés de leur tombe et ils s'apprêtent à rentrer demain matin; ce n'était qu'un cauchemar. » Vaine attente. Le témoin a déposé, maintenant il se tait, et il attend, lui aussi. Le directeur de l'hôpital est le premier à réagir. « Je ne comprends pas », dit-il. Merci, merci beaucoup : il ne comprend pas; et moi donc? Et nous tous? Est-ce que nous comprenons, nous? Ton père commente : « Mais pourquoi? » Elle est bonne, sa question. Pourquoi, quoi? Le mensonge, la comédie? Le meurtre de cinquante travailleurs juifs? Notre naïveté? Nos illusions? Notre complicité peut-être? Pourquoi, pourquoi... Le Rabbi dit : « Il va falloir prévenir les proches parents; ils vont devoir observer le deuil. » Voilà ce qu'il a en tête, le Rabbi. La religion, les rites, Dieu. J'ai envie de lui dire quelque chose, je me retiens : il est brave, le Rabbi, je l'aime bien, et si je lui fais de la peine, me sentirai-je mieux? « Seulement, dit le Rabbi, auparavant, nous devons être entièrement certains. » Certains? De quoi? Qu'ils sont morts. « Mais quoi, lui dis-je, le témoignage de mon camarade ne vous suffit pas? » Si, ça lui suffit, mais la Loi juive exige le témoignage de deux personnes. Il explique : « Supposons qu'une veuve veuille se remarier, il lui faut prouver que... » Là, avec tout le respect que je lui dois, et que j'éprouve pour lui, je l'interromps et je lui rappelle que ce n'est pas le moment de nous faire un cours talmudique. Il ne m'en veut pas, je le sais; il se mordille les lèvres, il est abattu, mais nous le sommes tous. Silence général. Drôle de silence : il bourdonne dans la pièce; on dirait un essaim en plein jardin. Soudain, ton père se tourne vers moi : « Par acquit de conscience, j'aimerais quand même une confirmation; si tu accompagnais ton camarade ? » Ce n'est pas un ordre, à peine une suggestion. Comment dire non ? D'accord, j'y vais. Mon camarade et moi connaissons la sortie secrète; nous marchons en silence; nous pénétrons dans le bois en silence; en silence, nous le traversons. A un certain moment, mon camarade me tire par la manche : c'est là-bas; nous faisons halte. De nouveau, cette envie de vomir; cette fois, je ne me contiens pas, appuyé contre un sapin, je vomis, je vomis ma nourriture, mes entrailles, mes souvenirs d'enfance : je ne veux plus vivre, je ne veux plus respirer l'air pur mais impur de la terre. « Approche, regarde », me dit mon camarade. J'obéis. Je regarde. J'aurais mieux fait de ne pas regarder...

Nous prenons le chemin du retour et pourtant j'ai l'impression de ne pas quitter la fosse commune : je continue de regarder les cadavres de mes amis. Nous rentrons dans le ghetto et je les vois toujours. Nous arrivons au bureau du Conseil et je les vois encore : enchevêtrés, mais pas défigurés, on dirait qu'ils vivent encore, qu'ils vivent dans la mort... Le Conseil est là, prêt à m'écouter. Deux heures se sont écoulées depuis que nous sommes partis : personne n'a bougé ni prononcé un mot. Immobiles et muets, rivés au silence, tous fixent le vide devant eux et peut-être même en eux. Nous ont-ils vus arriver? Je vais vers ma place habituelle, je me laisse tomber sur ma chaise, mais je me relève aussitôt. Je ne sais pourquoi, mais je me dis que le témoin doit parler debout. Mais... quoi dire? Par où commencer? Mille mots se bousculent dans ma poitrine, mille cris les déchirent : « C'est vrai, dis-je d'une voix rauque que je ne reconnais pas, tout est vrai. » Je sais que je dois continuer, je sais que je dois dire autre chose, ou peut-être la même chose mais autrement, mais je me sens de nouveau écœuré; j'ai peur de rendre en pleine séance. Alors je me rassieds. Je sens des yeux qui me fouillent et m'égratignent : ils aimeraient tous voir et ne pas voir ce que j'ai vu. Si quelqu'un me pose une question, je me lève et je prends la fuite. Non, je les ai sous-estimés. Ils ne posent pas de question; et je n'ajoute rien. Combien de temps sommes-nous restés ainsi désorientés, désarmés, paralysés? Jusqu'à la première lueur de l'aube? Jusqu'à la dernière? Le soleil se lève, il va faire beau. Ton père interroge le Rabbi du regard. Le Rabbi dit : « Je vais à la *Mikva*. Puis, nous devons préparer l'enterrement. » Ton père l'approuve et dit : « Ce qui est arrivé peut se reproduire; demain ce sera le tour d'un autre détachement. On me dira que l'unité spéciale de SS – dont la présence était liée au crime – quittera notre ville ou qu'elle l'a déjà quittée; une autre lui succédera. De tout cela je tire ma conclusion : ce que nous avons appris, nos gens doivent le savoir. S'ils refusent d'aller travailler pour les Allemands, nous ne devons guère les en dissuader. En ce qui nous concerne, une certitude s'impose à moi : le Conseil ne peut pas ne pas démissionner. » La suite ? Dis plutôt la fin. La nouvelle du massacre a jeté le ghetto dans le deuil. Les uns l'ont accueillie avec stupéfaction, les autres avec colère. Comme un chaudron sous pression, le ghetto, en état d'effervescence, est sur le point d'exploser. Un cri, une blessure et c'est la révolte. Ou le suicide. Les rues sont pleines de visages hagards. Les malades ont quitté l'hôpital, les vieillards, l'asile : on attend l'événement qu'on sait décisif, implacable. Qu'allons-nous faire, que pouvons-nous faire ? Des inconnus s'interpellent, des femmes pieuses se plaignent de ne pouvoir se rendre au cimetière – en dehors du ghetto – pour alerter les morts, les supplier d'intercéder là-haut. Là-dessus, on soulève la barrière qui enferme notre quartier interdit.

Arrive Richard Lander entouré de ses lieutenants. La mine sévère, teintée d'indignation, le militaire responsable de notre destin se rend d'un pas hâtif vers les bureaux du Conseil juif. Ton père et nous l'attendons debout. Il s'arrête sur le seuil : une sorte de frontière, de *no man's land* sépare les deux camps. « Qu'est-ce qu'il se passe ? dit le gouverneur sans saluer. On me dit que les brigades refusent de travailler, puis-je en savoir la raison, monsieur le président du Conseil juif ? Serait-ce que la guerre est finie ? Que le Reich l'a déjà gagnée ? Que nous n'avons plus besoin de vos efforts, de vos talents ? De vous, monsieur le président, ainsi que de vos collègues, j'étais en droit d'attendre une attitude plus rationnelle et plus raisonnable. Votre comportement me navre autant qu'il m'étonne. Parlez, je vous écoute. » Et ton père, comme dans une pièce de théâtre de l'Antiquité, royal et martyr, lui tend une feuille de papier : notre démission collective. Visiblement, Richard Lander apprécie le rôle de son adversaire. S'il est agacé, il le dissimule bien. Son ton devient protecteur, chaleureux, onctueux : « Mais pourquoi ce refus de servir votre communauté, monsieur le président ? Est-ce à cause de l'incident, eh, désagréable, survenu sur le chantier numéro quatre ? Vous auriez tort d'en faire un drame, monsieur le président. Ce qui est arrivé, je le regrette. Je le regrette d'autant plus qu'on aurait pu l'éviter. Voudriez-vous connaître les faits ? Quatre travailleurs juifs se sont montrés arrogants envers les soldats SS qui les gardaient; il y a eu bagarre, des coups de fusil tirés en l'air; se croyant attaqués, les autres membres du détachement se sont joints à l'émeute; dans leur panique, les soldats SS ont cru nécessaire de se servir de leurs armes. Remarquez, ils ont été réprimandés et transférés ailleurs. Cette explication vous satisfait-elle ? Et dans ce cas, retirez-vous votre démission ? » Tout le monde retient son souffle. Obscurément, j'espère que ton père répondra oui, qu'il acceptera de fermer la parenthèse, mais en même temps, je mentirais en disant qu'il n'y a pas en moi un autre sentiment; je ne sais pas, moi, mais j'espère que ton père ne se laissera pas duper par ce salaud de comédien raté, sinon il me ferait honte, sinon je ferais honte à tous mes amis qui, dans la fosse, me regardent toujours comme pour me raconter leur fin que nul ne connaîtra jamais. Cela dit, mes pensées à moi, mes souhaits à moi comptent peu; c'est ton père qui décide; et sa décision est sublime. Il ne répond pas, je veux dire : il ne parle pas; il se contente de hocher la tête de droite à gauche, de gauche à droite, sans desserrer les dents, sans ciller; il est fort, ton père, et je l'admire, et nous l'admirons tous. Même ceux parmi nous qui vont mourir et le sentent l'admirent.

Eh oui, mon petit, certains parmi nous ont payé; ils ont payé ce geste, ce défi, de leur vie. *L'Ange* dominait la scène et distribuait les rôles. Il incarnait toutes les puissances éternelles et, capricieux, comme elles, il ne décidait qu'à la dernière minute. Mais quelle serait sa décision? Jusqu'au bout je pensais que, même pour lui, c'était un jeu, que le bon sens reprendrait le dessus. Je pensais : le seigneur de la vie et de la mort dira quelques mots convaincants, ton père répondra par d'autres mots, et chacun pensera que le match continuera, d'épreuve en épreuve... A quel moment précis me suis-je rendu compte de mon erreur? Soudain l'officier allemand s'est redressé, s'est mis au garde-à-vous et a déclaré d'un ton sec : « Vous comptiez nous donner là une leçon de dignité? C'est en pure perte car, voyez-vous, monsieur le président du Conseil juif, nous sommes des officiers allemands et notre conception de l'honneur diffère de la vôtre. Sachez que jamais nous n'accepterons, en cette matière et en toutes les autres, de recevoir des leçons de vous, Juifs. » Là, je savais. Brusquement, je savais que la fin était proche, imminente et inexorable. Mon estomac le savait, mes doigts le savaient. Un frémissement intérieur me parcourut, j'avais la fièvre. Affectant un air contrit, l'officier allemand écrivait maintenant des mots brefs sur des feuilles de son carnet qu'il arrachait pour en faire des boules. « J'ai, dans la paume de ma main, vos douze noms, dit-il d'une voix neutre. Je vais en jeter six, malheur à eux. Ils vont mourir. » Même alors, je me répétais bêtement la phrase : « Mais non, il ne va pas faire ça, pas ça, pas maintenant, pas de cette manière-là, il veut nous effrayer, c'est tout, il plaisante, ça l'amuse de nous voir ainsi affolés. » Eh bien, il n'a pas plaisanté. Je me souviens de ce que j'ai éprouvé : une sensation physique d'amputation; j'ai survécu à moitié. A ma droite, Wolf Zeligson. A la sienne, Tolke Friedman. A la sienne, le Rabbi Aharon-Asher. A la sienne, Simha. Et ton père, je m'en souviens également, ton père a changé. Un tic nerveux fouette son visage ascétique. Il fait un effort visible, pénible, pour le contrôler, pour regarder droit devant lui, pour respirer normalement. *L'Ange* nous inspecte avec dédain et adresse à ton père une grimace de feinte sincérité : « Vous avez tiré le bon lot, monsieur le président du Conseil juif. Je suis content pour vous. D'autant plus que, en ce qui vous concerne, et vous connaissant mieux que vous ne le pensez, c'est le mauvais lot qui est le vôtre. Désormais, votre avenir aura l'odeur de la tombe. »

Voilà, c'est tout. La fin. En tout cas, la fin de mon

association avec ton père. Un nouveau Conseil remplaça le nôtre. Les Allemands jubilaient, leur commandant triomphait. Le ghetto se décimait. Çà et là, l'idée d'une résistance organisée, armée, commençait à germer. Des émissaires de Bialistok et de Varsovie nous y encourageaient : « C'est la seule voie, nous disaient-ils. Le combat ou la mort, le combat pour échapper à la mort. » Je devins clandestin. Je m'évadais du ghetto, j'y retournais porteur de messages et de sommes d'argent envoyés par des frères proches et lointains. Muni de documents impeccables, je voyageais jusqu'à Cracovie, Katowicz et Lublin. Une fois, je me rendis à Vilno. Une femme grassouillette mais agile et téméraire m'y accompagna : j'étais son mari. Elle était armée, moi non. Ton père, je ne le voyais plus. Mais il demeurait présent à mon esprit. La dernière scène, je n'arrivais point à m'en détacher. Ce n'est que plus tard que je devais me rappeler un détail frappant qui ne le concernait pas, et pourtant nous concernait tous : cette nuit-là, la plus glorieuse et la plus absurde de mon existence, le temps avait fui plus vite, comme s'il était poursuivi par la honte ; en moins de douze heures, les cheveux noirs du Rabbi étaient devenus entièrement blancs.

Tiré d'une lettre de Reuven Tamiroff à son fils :

... Audace ? Honneur ? Dignité ? Bêtises que tout cela. A toi, je peux l'avouer : je m'en veux, je n'aurais pas dû tenir tête à notre Ange, pas à ce moment-là.

Après tout, nous n'étions coupables d'aucune faute par rapport à la communauté bâillonnée. Le massacre, nous l'avions appris après coup. Nous ignorions jusqu'à l'existence du chantier numéro quatre.

Alors, pourquoi avons-nous tenu à jouer les héros ? Pour obtenir quelles faveurs célestes ou terrestres ? Pour impressionner qui ? Maintenant, avec le recul, je me dis que, pour désarmer l'Ange et atténuer sa colère, j'aurais dû me jeter à terre, ramper à ses pieds et le supplier de nous épargner. Nous aurions dû démissionner plus tard. J'aurais pu dire aux Allemands : « Avant nous ne savions pas; maintenant, nous savons; donc à partir de maintenant nous nous considérons responsables de chaque vie à l'intérieur des murailles; la prochaine fois qu'un Juif sera tué, nous dénoncerons vos crimes en démissionnant, en choisissant la mort, la prochaine fois... »

Eh oui, mon fils, je me sens responsable de la mort de mes collègues du Conseil juif. Si j'avais su faire abstraction de mon amour-propre, ils auraient vécu un an, un mois, un jour de plus. Et un jour, pour ceux qui vont mourir, c'est long, tu le sais bien : c'est long de vivre un jour, un jour de plus.

Mais... mais quoi? Je me disais, traduisant nos convictions collectives, qu'il valait mieux, que c'était plus simple et plus prudent de décrocher tout de suite. Sinon, nous risquions de tomber dans le panneau, dans l'engrenage. On dit B, parce qu'on a dit A. Puis on continue jusqu'à M, jusqu'à la mort; on devient complice de la Mort.

J'ai refusé de dire B. J'ai arrêté avant. A tort. Je n'ai pas su résister à la tentation du courage; j'ai ainsi sacrifié mes amis. Et des inconnus.

Je sais que, dans d'autres ghettos, les dirigeants juifs se sont comportés autrement : dois-je les plaindre ou les envier?

Que veux-tu, l'histoire juive avait placé un fardeau trop lourd sur mes épaules : je n'y étais pas préparé.

L'Ange avait-il raison de me dire que j'aurais préféré mourir? et renoncer à toi? Heureusement que ce choix-là me fut épargné. J'étais condamné à perdre.

Il a trois fois mon âge, Bontchek, mais c'est moi qui, souvent, lui sers d'appui. L'homme robuste et téméraire qui a défié des puissances invincibles me parle sur un ton craintif et larmoyant. Il est persuadé, Bontchek, que mon père et Simha l'ostracisent, qu'ils complotent contre lui. Je tente de le rassurer de mon mieux :

« Tu te fais des idées, Bontchek. Mon père t'aime bien, Simha aussi. Tu passes par une mauvaise phase, tu soupçonnes tout le monde... »

Il secoue la tête. Mon père et Simha le repoussent, ils le détestent. S'ils l'excluent de leurs conciliabules, c'est qu'à leurs yeux il a démérité.

« Nous étions si proches, se plaint-il, si proches. Unis comme des frères. Tu ne peux pas comprendre : tous ces projets fous et farfelus que nous avons vus naître et mourir, tous ces malheurs que nous avons subis. Ensemble, nous avons livré bataille. Ensemble, côte à côte. Nous formions un bloc : l'armée allemande, à l'époque la plus puissante du monde, ne pouvait nous briser ni nous séparer. Maintenant, le danger passé, ils me tournent le dos.

– Tu exagères, Bontchek. Avoue que tu exagères. Tu dis cela parce qu'ils ne t'invitent pas à leurs soirées savantes. J'ignorais que les études bibliques te passionnaient tant.

– Ne te moque pas de moi, toi aussi. Ils m'insultent, tu veux faire comme eux?

– Vraiment, Bontchek...

– Tu penses que je suis fou? Comment expliques-tu leur conspiration...?

– Ils sont inexplicables, Bontchek. Ils sont bizarres, tu le sais bien, tu es bien placé pour le savoir.

– Jadis, à Davarowsk, ils étaient mes copains; ils ne le sont plus. Maintenant, ils sont... ils sont mes juges. »

Pauvre Bontchek : il donnerait tout ce qu'il possède – et tout ce que je possède – pour rejoindre ses anciens camarades : pour retrouver sa jeunesse.

Nous nous rencontrons de plus en plus fréquemment. Promenades interminables. Riverside Drive, le long du Hudson River. Broadway avec ses cafétérias bruyantes et bondées. Et au bas de la ville Brooklyn Bridge que nous traversons à pied. Parfois, nous nous aventurons dans le *subway*, ce labyrinthe sale et malodorant où la population semble malade, maussade et maléfique, peut-être en raison de l'éclairage. Les trains viennent et disparaissent avec fracas, sans but apparent. Ouvriers endormis, veuves endeuillées, clochards souriants, adolescents en fuite, pères délaissés voûtés sous le poids de leur solitude, filles de joie en quête de clients en quête de joie, fonctionnaires en vadrouille, voleurs à l'œil pétillant, malades à la mine résignée, mendiants affamés, enfants humiliés : quelle misère, Seigneur, quelle misère Tu caches de Ta vue et de la nôtre...

Au cours de ces randonnées, c'est moi le guide. De même que, pour le retour en arrière, c'est moi qui le suis. Drôle de juxtaposition, me direz-vous : New York et Davarowsk. Et pourtant, il existe un rapport entre ces deux agglomérations, croyez-moi : celui même qui existe entre un rescapé et un fils de rescapé. Nos buts se ressemblent et se recoupent : chacun tend, à travers l'autre, à se rapprocher de mon père. Bontchek évoque le passé et moi, en retour, je lui peins le présent : les travaux de mon père sur Paritus-le-Borgne; les projets mi-romantiques mi-kabbalistes de Simha qui espère, en manipulant ses ombres fidèles, restituer la création à sa lumière première; nos veillées silencieuses, nos visites chez notre voisin le Rabbi Tzvi-Hersh, mes nuits d'insomnie, mes migraines, mes doutes concernant ma place au sein de ma famille disloquée, mes réveils en sursaut.

« Mon père, tu le connais. C'est un homme compliqué. Il a vécu plusieurs vies et il essaie, laborieusement, de jeter un pont entre elles : qui est le pont? moi? l'écriture? le silence?

– Pourquoi diable ne peut-il être comme tout le monde?

– Il n'est pas comme tout le monde.

– Il pourrait au moins faire un effort, non ?

– Pour aboutir à quoi ?

– Je ne sais pas moi. Pour me faire plaisir... »

Bontchek est déprimé. Je lui demande de retourner dans le ghetto, il refuse. Il n'est pas d'humeur à bavarder. Seulement à bouder. Pour le dérider, je lui parle de mes études, de mes lectures, de mes découvertes, de mon inexpérience... Lisa m'entraîne à une soirée chez un de ses copains. Tout le monde boit et hurle, puis on cesse; on se met à fumer et à écouter des disques. On me tend un mégot allumé, je le refuse poliment, on insiste, Lisa insiste : « Ah ! celui-là, dit-elle, il veut m'impressionner ! » Bon, j'aspire : c'est doucereux. Mon estomac chavire. Je cours dehors, je vomis tout mon soûl. Je rentre chez moi, je me sens volé. Commentaire de Lisa : « C'est la faute de ta mère. – Qu'est-ce qui est la faute de ma mère ? – Ta faiblesse, ta nausée... » Pour elle, c'est toujours la faute de ma mère. Pourquoi pas celle de mon père ? Parce qu'elle l'aime beaucoup.

« Lisa l'a rencontré ? dit Bontchek, surpris.

– Oui.

– Raconte. »

– C'est plutôt simple. Un jour, elle exprima le souhait de faire la connaissance de mes parents : « Pourquoi, Lisa ? – Pourquoi pas ? » J'essayai de détourner la conversation, de tergiverser : avec elle, ces procédés étaient voués à l'échec. Tenace, têtue, elle insista. Alors, je lui avouai la vérité : elle ne pouvait pas rencontrer mes parents parce que ma mère était en clinique et que mon père, depuis son départ, ne tolérait plus de présence féminine à la maison. « Tu refuses de lui demander de me recevoir ? Bon, j'irai sans invitation. – Ne fais pas cela, Lisa... Laisse-moi préparer le terrain. » J'en touchai un mot à mon père le soir même et son attitude me surprit : « Tu tiens à elle ? – Je... je ne sais pas. – Et si je la reçois, tu sauras ? Dans ce cas, qu'elle vienne. Qu'elle vienne demain. » D'ailleurs, ajouta-t-il, cela faisait longtemps qu'il n'avait plus l'occasion d'avoir une conversation intelligente avec une jeune fille de ma génération. Bon. Lisa et moi arrivâmes ensemble le lendemain. Père nous accueillit en souriant. La table était mise : thé, friandises, fruits. « Vous vous appelez Lisa », lui dit-il en lui serrant la main. Il répéta : « Lisa, Lisa. » Elle répondit que, en effet, c'est ainsi qu'elle s'appelait. Douée d'un exquis sens de l'humour, elle surmonta le malaise qui planait dans le salon en évoquant ses souvenirs d'enfance – la première fois qu'elle avait pris conscience que son nom et elle-même ne faisaient qu'un, l'origine de son prénom, les racines de sa famille paternelle – et en me taquinant sur ma timidité avec les autres étudiantes en classe. « Savez-vous qu'en logique votre fils a failli obtenir une note *terriblement* mauvaise parce que, intimidé par le professeur, il n'arrivait pas à prononcer une phrase cohérente ? Or, le professeur de logique est Corinne Bergman : elle rend fous tous les garçons... » Lisa est restée trois heures au salon. Elle était déjà à la porte lorsque mon père, en lui serrant la main avec beaucoup de chaleur, lui dit : « Ainsi, vous vous

appelez Lisa. » Il avait bouclé la boucle en disant la
même chose; et il n'avait rien dit d'autre.

– Ce n'est pas pareil, dit Bontchek. Lisa, ton père
l'aime; moi, il m'écarte; il m'exclut. Qu'ai-je bien pu
commettre pour mériter cela?

– Tu fais fausse route, crois-moi. Mon père n'est
pas le type à insulter les gens. Il est discret. Mais
cela ne signifie pas qu'il est contre toi ou contre
quiconque. »

Bontchek ne se laisse pas convaincre. Il est
obsédé par la froideur apparente que mon père lui
oppose.

« Est-ce parce que j'étais coureur? Bagarreur?
Profiteur? Est-ce parce qu'il me reproche – encore –
mon passé dévergondé? Mes escapades?

– Tu es bête. Et injuste. Essaie de comprendre :
mon père aime la solitude et le silence; c'est d'ailleurs pourquoi il a choisi de devenir bibliothécaire.

« A la bibliothèque, je l'ai vu un jour avec une
femme encore jeune dont je ne suis pas près
d'oublier la noblesse et la sensualité : rien que d'y
penser, je suis bouleversé. Ses cheveux noirs flot-
taient librement sur ses épaules; ses lèvres, entrouvertes, signifiaient appel et désir. Debout devant le
bureau de mon père, elle sollicita son avis sur les
poèmes posthumes de Charles Ketter; il répondit :
« Lisez les premiers, relisez les derniers. » Elle se
pencha sur l'ouvrage qu'il étudiait, lui : « Paritus?
« Qui c'est? – Un borgne qui méditait en exil. » Elle
se fit provocante : « Allons dîner ensemble; j'ai
« faim. » Et mon père, poli mais glacial, répondit :

142

« Nous sommes dans un sanctuaire, madame, et « non sur un bateau de plaisance. » Elle fondit en larmes et moi aussi. J'avais dix ans. Je n'ai plus revu la femme qui avait faim. Et maintenant, en y songeant, je me rends compte qu'elle me manque depuis longtemps : je suis plus sociable que mon père, probablement.

– Tu ne comprends pas, tu ne comprends plus mon père, dis-je encore à Bontchek. Moi-même, jusqu'à la douleur, je me heurte à ses silences. Sans doute, préfère-t-il ses fantômes aux vivants. Peut-être se considère-t-il fantôme lui-même. L'as-tu vu marcher dans la rue ? Il flotte, il glisse, il se faufile parmi les passants sans les frôler. Aime-t-il la mort ? Je ne le pense pas. Mais il aime les morts. Il m'aimera quand je serai mort. Toi aussi, Bontchek, il t'aimera quand tu seras mort. »

Comme Bontchek ne dit rien, j'enchaîne :

« Tu penses peut-être que je suis trop sévère à son égard. Sans doute. Et pourtant je l'aime. Je l'aime sévèrement. Et entièrement. D'un amour sans faille mais non sans lucidité. Retranché derrière ses paupières, il m'écarte de son passé. C'est bien simple, Bontchek : sans ton concours, je n'aurais rien appris de ce qu'il a enduré dans le ghetto de Davarowsk. Il ne répond pas à mes questions. Les entend-il seulement ? Je sais qu'il les reçoit. Je veux savoir, lui dis-je. Un début d'histoire, une bribe de souvenir, je veux savoir ce que tu savais de la vie, du monde, du mystère de la vie et des hommes, je veux savoir ce que tu éprouvais au milieu des fauves humains qui se réclamaient de l'histoire et

143

de Dieu, je veux comprendre, je veux te comprendre. Rien à faire : il me dévisage d'un air de plus en plus sombre, de plus en plus tourmenté, il serre les lèvres, avale sa salive, et ne dit rien. Il ne veut pas se livrer, il ne peut pas.

« Oh! je sais : on me dira que tous les fils ont le même problème avec leurs pères. Le fossé des générations et blablabla. Pas pareil. Les choses que mon père aurait à me dire, aucun homme ne les révélera à son fils. Mais moi j'aimerais qu'il me les confie.

« Je me souviens : une fois, c'était un vendredi soir et nous étions seuls, je me suis fâché. Je me suis énervé. Je lui ai manqué de respect. Mon excuse? C'était la mode. Les jeunes avaient honte de leurs parents. Nous étions à la fin des années 60. Le pays était sens dessus dessous, couvert d'un vacarme étourdissant. Une colère aveugle et noire avait déferlé sur ma génération. On ne parlait pas, on criait. On s'aimait avec violence, on aimait la violence.

« Nous venions d'achever le repas du *Shabbat* et mon père s'enquit de savoir si j'allais rester à la maison. En fait, je n'avais aucun projet de sortie. Mais je ressentis le besoin de mentir :

« – Non, on m'attend.

« – Qui t'attend un vendredi soir? Tu sais pourtant que j'aime te savoir ici. »

« Je ne sais pourquoi, mais j'explosai :

« – Tu veux que je sois ici? Pour quelle raison? « Pour m'abreuver de ton silence? Tu crois que

144

« c'est marrant de te voir constamment renfrogné ? »

« Je ne sais plus ce qui m'a pris, mais je ne me contenais plus.

« – Tu te dis bon juif, tu observes les lois du
« *Shabbat*, tu te crois mon père, mais le devoir du
« père n'est-il pas de transmettre son savoir, son
« expérience à son fils ? Or, ne suis-je pas ton fils,
« ton fils unique ? Quel père es-tu donc si tu
« t'obstines à vivre emmuré ? »

« Et pour lui faire plus mal, j'eus cette remarque ignoble :

« – Quoi d'étonnant que nous soyons seuls ce
« soir, et tous les soirs. Ma mère, ma pauvre mère,
« c'est toi qui l'as rendue malade ! »

« Mon père ouvrit ses yeux tout grands et les referma aussitôt ; son souffle se fit précipité. Etait-ce le reflet des bougies sur la table ? Son visage me parut soudain jaune et rouge, strié d'ombres épaisses. Le cœur lourd, le cerveau ravagé, je le quittai pour aller nulle part. Je l'avais offensé. Blessé. Lui demander pardon ? Etourdi de chagrin et de remords, je me promenais dans Brooklyn. Je me sentais excommunié. Les chants qui sortaient des demeures illuminées, l'allégresse qu'elles exhalaient semblaient me répudier, me condamner à la honte et à l'opprobre. La loi biblique me revint en esprit : un fils qui insulte son père mérite le châtiment suprême. Pourquoi l'avais-je fait ? Pour venger ma mère ? Pour me conformer à l'esprit du temps ? Comment faire pour réparer ma faute ? Si j'avais rebroussé chemin, si j'étais revenu au foyer, si je m'étais jeté dans les bras de mon père pour pleurer avec lui ou à sa place, j'aurais tout effacé. Mais quelque chose en moi m'empêchait de le faire. Je pense que je voulais me sentir coupable, je voulais aller jusqu'au bout de ma culpabilité, et chaque instant me rendait plus fautif, plus coupable. Pourquoi? Pour souffrir, bien sûr. Je le faisais souffrir pour mieux souffrir moi-même. »

Je l'ai dit plus haut : comme tous mes contemporains je traversais une crise. Elle n'avait rien à voir avec ma vie privée. L'Amérique, l'Europe, l'Asie subissaient des convulsions profondes, saisissantes, à l'échelle de la planète, secouant les jeunes de ma génération. Paris, Francfort, Tokyo, Chicago, Delhi : troubles et émeutes sur tous les continents. Un mal mystérieux et puissant sévissait dans toutes les sphères de la société. On eût dit qu'un même écœurement, d'une violence insondable, innommable, poussait mille et mille garçons et filles à cracher sur les dieux et les idoles et les prêtres vivants et morts. Oui, écœurement est le mot qui définit le mieux le sentiment qui animait mes camarades, connus et inconnus, de cette période-là. Idées et idéaux, slogans et principes, théories et systèmes anciens et rigides : tout ce qui avait un rapport avec le jadis et l'autrefois du paradis terrestre, nous le reniions avec rage et dérision. Du coup, les enfants faisaient peur aux parents, les écoliers aux instituteurs. Au cinéma, c'était le malfaiteur et non le policier qui emportait notre adhésion; c'était le criminel et non le justicier qui avait le beau rôle. En philosophie, c'était la fuite de la simplicité; en littérature, la négation du style. En morale, l'humanisme faisait rire. Il suffisait que vous prononciez le mot âme pour que vos interlocuteurs s'esclaffent. Parfois, Lisa et moi rendions visite à des copains : on buvait, on se déshabillait, on faisait l'amour tout en récitant les *Bhagavadgita*, on mélangeait obscénités et prières, générosité et cruauté, et tout cela au nom de la protestation et du changement dit révolutionnaire. C'était le chaos au sens absolu. Les jeunes aspiraient à paraître vieux, les vieux à demeurer jeunes; les filles s'habillaient en garçons, les garçons en sauvages, quant aux sauvages, ils tenaient salon et terrorisaient les amateurs du snobisme. « Si cela continue ainsi, avais-je dit à Lisa, les Maîtres hassidiques auront raison : le Messie refusera de venir. » Elle eut un mouvement de dédain : « Le Messie? Qui est-ce? Tu penses que je devrais faire sa connaissance? » A ses yeux, ça devait être un détraqué, donc quelqu'un de bien.

Lisa militait dans la gauche révolutionnaire et s'employait à m'y entraîner. Manifestations grandioses et grandiloquentes, démonstrations en tous genres avec la participation de tous les opprimés sociaux, tous les spoliés, tous les misérables, toutes les minorités ethniques : on se battait au Vietnam, mais le front passait sur les campus; on défigurait le présent, mais c'est le passé qu'on récusait, c'est la politique qu'on démasquait, c'est le pouvoir qu'on dénonçait. A la faculté, on n'enseignait plus les lettres ni la sociologie mais la révolution ou la contre-révolution, ou encore la contre-contre-révolution de droite ou de gauche, ou d'ailleurs. Les étudiants ne savaient plus rédiger une phrase, formuler une pensée, et ils en étaient fiers. S'il arrivait qu'un professeur manifestât son mécontentement, on le boycottait, on le malmenait, on le renvoyait à ses titres universitaires, à ses ouvrages savants, à ses idées archaïques. La prochaine fois, qu'il veille à naître dans une autre société, à une autre époque.

A quoi bon nier l'influence que Lisa eut sur moi? Rosa Luxembourg, la Pasionaria, George Sand : elle menait les foules aux barricades. A l'observer ainsi, en plein combat, je l'aimais. Obscurément, je sentais que le mouvement de révolte incarné par elle me rapprochait des souvenirs muets de mon père, des souvenirs morts des victimes. Ce n'était pas clair dans mon esprit, je n'arrivais pas à y songer suffisamment, mais cela ne me gênait pas. Je me disais : « Bah! j'y réfléchirai une autre fois. » Car, de fait, d'autres priorités s'imposaient : la marche sur Washington, le défilé devant la Maison Blanche. Et Lisa, ma priorité numéro un. J'aimais Lisa et Lisa aimait le combat politique : nous formions un couple moderne. Mon père était-il content? Si oui, il ne le montrait pas. Mais il ne disait pas le contraire non plus. Les campus flambaient, les institutions vacillaient, les familles s'écroulaient, mais mon père, lui, approfondissait sa méditation sur Paritus. L'humanité courait à sa perte, le nuage nucléaire s'étendait jusqu'à l'horizon, mais lui analysait des phrases que sept fois sept personnes, lui compris, auront lues.

C'est aussi Lisa qui m'a initié à l'acide. J'ai résisté

d'abord; et je n'ai cédé que lorsqu'elle trouva le moyen de lier la drogue... à mon père. Ce n'était pas compliqué : elle reliait tout à mes parents !

« Tu fais un « voyage » et tu es libre, libéré, dit-elle. Libéré de ton père, de ton père aussi, comme de tout le reste. N'est-ce pas ce que tu cherches à accomplir ?

– Possible, mais je n'en suis pas entièrement sûr. Je tiens moins à me libérer de mon père qu'à le libérer, lui. C'est lui qu'il faut convaincre de prendre du LSD. »

Bon, elle trouvera un meilleur argument. Comme toujours, devant un problème compliqué, elle s'assit par terre, replia ses jambes et réfléchit à haute voix :

« Lui, merci. Même s'il dit oui, ce sera pour se rappeler à la fin que je m'appelle Lisa. C'est toi dont j'ai besoin. Viens avec moi. Je te le revaudrai. Je te le promets. Tu as peur ?

– Franchement, oui. Je ne bois pas, je ne fume pas. Et tu aimerais que je prenne tout de suite du LSD ? Peine perdue...

– Tu n'y es pas, s'écria-t-elle. Tu suces un bout de sucre et tu réussis à te dépasser, à devenir autre, à atteindre les hauteurs célestes de l'au-delà : en une heure, tu deviens l'égal de Bouddha, de Moïse. Toi, tu monteras plus haut qu'eux, viens, te dis-je, qu'as-tu à perdre ? Tes attaches terrestres ? Ta sécurité ? Viens avec moi et tu domineras l'inconnu, tu sortiras de toi-même pour *être* toi-même, viens... »

Soudain, j'eus une idée : au cours du « voyage » je pourrais peut-être me rapprocher de mon père; je *verrais* son univers invisible, je *vivrais* son angoisse de la mort, je *vivrais* sa mort. Ce qu'il me refuse par la parole, je l'obtiendrais par l'image, par la vision de l'âme... J'acceptai.

« A une condition, dis-je. Je t'accompagne une fois. Ensuite, c'est fini. Tu me promets de ne pas insister? »

Elle promit.

« Je ne m'en fais pas, rit-elle. Tu vas aimer. Tu en redemanderas.

– Nous verrons bien. »

Nous fixâmes le « voyage » pour la semaine suivante, dans son nouveau petit studio, au *Village*. Entre-temps je me documentai. Trois livres par jour traitant de la question : procédés, effets et dangers. Mon père s'étonna de me voir emporter tous les soirs de la bibliothèque des traités sur les drogues hallucinogènes.

« Tu fais un travail là-dessus?

– Oui. Pour mon professeur de psychologie.

– Ah! bon... »

Et, après une légère hésitation :

« Tu ne vas pas te laisser tenter...

– Ne t'en fais pas, père. »

Arriva le soir redouté et attendu. Lisa, grave, recueillie, me donna ses instructions : comment me mettre en condition. Me détendre. Me laisser aller. Voler. Sauter.

En pensée, j'invoquai d'abord mon ami Bontchek. Je me rappelai ses histoires de ghetto. Et brusquement, poussé par une force irrésistible, je me revis au loin, tout petit, aux côtés de mon père. En pleine

150

misère. Face à des foules affamées, apeurées. Et, inexplicablement, je suis deux personnes à la fois : je regarde un enfant qui tremble et je suis cet enfant. Je me blottis contre mon grand-père mais en même temps je me réfugie sous l'aisselle de mon père. J'ai envie de pleurer et de ne pas pleurer, de hurler et de me taire, de fuir et de rester immobile, j'ai envie d'être et de cesser d'être, je me vois dédoublé et nulle part, tout petit et fort vieux, et j'ai mal, j'ai mal, je sens mon cœur qui éclate de peur et de bonheur, oui, de bonheur de ressentir tant de douleur, je sens mon corps qui s'unit au corps de la création, et ma pensée qui s'unit à celle du créateur, je sens chaque parcelle de la terre, chaque fibre de mon corps, chaque cellule de mon être, et tous m'oppressent tant ils sont lourds, tant ils sont légers, et tous m'attirent vers le ciel tout en me poussant vers le bas, est-ce pour cela que mes larmes se mettent à couler ? Est-ce pour cela que je leur parle, que je les appelle, que je les attire vers moi pour entrer en moi, comme une flamme entre dans la nuit pour la déchirer et l'éclairer ? Ça fait mal, puissamment mal, et ça ne me dérange pas d'avoir mal puisque je sais que c'est mon père et pour lui, que c'est à cause de lui que, tout d'un coup, j'éprouve le besoin de me cacher, de m'accroupir là-bas dans le coin de la chambre, dans l'encoignure de la planète, que c'est à cause de lui toujours que je me rétrécis de plus en plus jusqu'à redevenir petit, plus petit, faire revivre l'enfant en moi-même, mourir même à sa place dans le vide, dans le néant noir et brûlant...

« Tu m'as fait peur, dit Lisa. Tu as poussé des cris, tu as versé des larmes. Tu as supplié la Mort d'interrompre son règne. Et la Vie d'illuminer le sien. Tu as dit des choses, des choses qui ne te ressemblent pas : tu n'étais pas toi. »

A bout de force, à bout de souffle, je revenais lentement, péniblement, à mes sens endoloris et stimulés à outrance. Mon père, pensai-je. Mais mon père était resté silencieux. Même dans ma vision d'halluciné, je n'avais pas réussi à le faire parler. J'avais parlé pour lui, mais lui n'avait rien dit.

Soudain, Bontchek me revient à l'esprit. Peu après leurs retrouvailles, mon père manifesta à l'égard de son ancien camarade des signes surprenants de nervosité. Surprenants parce que, chez lui, c'est chose rare. Même quand il est sur des charbons ardents, il ne vous le fait pas sentir; même quand il se fâche, ses yeux ne sont pas fâchés. Pourquoi n'avait-il pas maîtrisé son impatience envers Bontchek ?

Je revois la scène avec clarté : nous sommes au salon et Bontchek, en visite, sirote son schlivowitz à petites gorgées. Je l'observe en pensant : drôle de personnage; un mélange de martyr habile et de jouisseur déchu. Le visage noir, réellement noir, comme couvert de suie, le nez aplati, la nuque puissante, le buste carré, on dirait un entraîneur de boxe ou un fugitif de la Légion étrangère. Mais dès qu'il ouvre la bouche, il communique une certaine tendresse.

Voyages et combats clandestins, organisations de réseaux, aventures au maquis, l'après-guerre, la Palestine, les guerres d'Israël : il essaie de résumer des années en quelques heures.

On dirait qu'il s'efforce de plaire, ou de se justifier. Mon père, aimable, attentif, l'écoute; il est content de le revoir, c'est clair, c'est naturel. Entre eux, la complicité saute aux yeux. Comme toujours en présence de deux êtres dont les rapports sont vrais, je suis ému. Je me dis : « Ces deux amis ont vécu l'indicible; un jour, ils se mettront à témoigner et ils continueront jusqu'à la fin des temps. » Dans ma fantaisie je vois le Messie que Simha a fait venir; je le vois qui s'approche sur la pointe des pieds : pour ne pas nous déranger.

Soudain, je constate un changement : mon père, subrepticement, jette des coups d'œil répétés sur l'horloge suspendue au mur face à la fenêtre. L'impatience le gagne : c'est le dernier jeudi du mois, Simha ne tardera pas à arriver pour la réunion mensuelle. Il est dix-neuf heures passées, il se fait tard. Comment mon père va-t-il se sortir de cette réunion plutôt délicate ? En fait, pourquoi n'inviterait-il pas son ancien camarade à rester ? Bontchek connaît Simha qui sera heureux de le revoir. Je suis sur le point de le suggérer, mais mon père devine ma pensée et me lance un signe désapprobateur. Bon, je me tais. Les minutes s'allongent, les secondes s'étirent, se chargent d'ennui. Bontchek, un peu soûl, inconscient, est en train d'attaquer deux tanks allemands sur une route près de Bokrotaï, le village de mes grands-parents paternels. Il est huit heures :

le problème devient urgent, dramatique, source de tension... Les récits de Bontchek, je les trouve passionnants. Mais mon père se lève et tend la main à son ancien camarade. « Je t'interromps, tu m'en excuses? J'attends quelqu'un. Tu reviendras nous voir? Je l'espère. » Eberlué, Bontchek se met debout et se laisse guider sinon pousser vers la porte. Il est parti sans que j'aie pu lui dire bonsoir. Je suis troublé : discourtois, mon père? Impoli avec un compagnon de jeunesse? Rude envers un réfugié? Je ne comprends pas. Je m'en ouvre auprès de lui : « Pourquoi ne pouvait-il pas rester? Simha aurait été heureux de le revoir, j'en suis persuadé! » Mon père me rabroue : « La matière que Simha et moi étudions depuis des années, je ne pense pas qu'elle soit susceptible d'intéresser quelqu'un du dehors. » Pour me dire cela, il a pris un ton inhabituel, d'une dureté surprenante. Existerait-il une tension secrète, un conflit non résolu entre lui et Bontchek? Une animosité latente?

Ce soir-là, mon père sort de sa poche un récit qu'il a découpé d'un quotidien israélien : je le cite de mémoire.

Dans un bureau étroit, quelque part aux environs de Tel-Aviv, trois hommes se dévisagent : pour eux, c'est le moment de vérité, comme on dit; il s'agit de franchir le seuil ou de reculer. Dans les deux cas, le risque est grave, irréversible : comment s'y prendre pour faire parler le prisonnier de la pièce à côté?

C'est le cauchemar de tout policier honnête, sinon de toute personne intègre : quelle est la limite permise à la force? Jusqu'où peut-on employer la violence sans se déshumaniser soi-même?

Le prisonnier – surnommé Tallal, âgé de vingt-deux ans, originaire de Jaffa – a été pris la veille, en Galilée. Cédant à la supériorité numérique des soldats israéliens, il s'est rendu aussitôt. Il n'avait aucune chance de s'échapper et sans doute le savait-il. Les bras levés, il a attendu que les vainqueurs approchent, ramassent sa Kalaschnikov, s'emparent de ses grenades et de ses cartouches, il les a laissés faire sans dire un mot. S'ils avaient pu le voir dans l'obscurité, ils auraient peut-être décelé une grimace ironique, insolente, sinon triomphante sur ce visage ascétique orné d'une barbe de plusieurs jours.

Amené au quartier général des renseignements militaires, il est soumis à un interrogatoire de routine : D'où vient-il? De quel camp? Par quelle route, à la recherche de quelle filière? Qui sont ses complices, ses contacts locaux? Quelle est la nature exacte de sa mission? Les questions pleuvent sur lui et il se tait. Un sergent le menace, sans résultat. Un autre le bouscule un peu rudement; Tallal hausse les épaules et ne dit rien. Finalement c'est Ilan, en uniforme sans épaulettes de lieutenant-colonel, qui entre en scène :

« Tallal, écoute-moi. Je m'appelle Ilan. Je suis officier. Ma tâche est de te combattre et de te mettre hors d'état de nuire. Toi et les tiens. Jusqu'ici aucun de tes camarades n'a résisté très longtemps; comptes-tu être le premier? C'est cela? »

Tallal, assis, se penche en avant comme pour mieux voir l'officier. Ils sont seuls. Un bureau ordinaire, nu, les sépare. Dehors, la nuit se retire vers la mer.

« Allons, Tallal, dit Ilan. Tu brûles de produire un effet sur moi et mes amis? Sur les tiens? Tu te crois plus fort qu'eux, plus rusé que nous? Pourquoi ne parles-tu pas? »

Tallal examine Ilan : cette voix posée, presque sereine, le dérange. Adversaire pas facile. Il va falloir jouer serré.

« Tu sais que, si nous le voulons, nous pouvons te faire parler, n'est-ce pas? N'est-ce pas que tu le sais?

156

Chaque nation a ses méthodes, nous avons les nôtres. Crois-moi : tu ne tiendrais pas quarante-huit heures. »

Ilan joue avec une pipe qu'il vient de tirer de sa poche intérieure; il la bourre, il la bourre, il ne finira jamais de la bourrer, mais il ne l'allumera pas; il s'en sert pour distraire l'attention de son interlocuteur. Il a quelque chose en tête, Tallal. Ce n'est pas un terroriste ordinaire. Les secrets qu'il porte n'ont rien à voir avec le sabotage et l'espionnage de routine; il est trop sûr de lui-même, il ne craint pas de céder à la torture et de dénoncer ses amis; il ne le craint pas, parce qu'ils n'ont rien à craindre. Il est sûr de ne pas les trahir parce qu'il ne les connaît pas. Mais alors, pourquoi a-t-il été envoyé en Israël? Ilan donnerait beaucoup pour l'apprendre, mais ça peut attendre : tôt ou tard, ils se mettent tous à table.

« Mais oui, Tallal. Tu ne tiendrais pas quarante-huit heures. Pas même vingt-quatre. Moi non plus d'ailleurs. Je suis humain, vulnérable, comme toi. Il existe une souffrance limite, Tallal : nous ferions n'importe quoi pour l'éviter. Alors de deux choses l'une : ou bien nous mourons, ou bien nous parlons. Et puisque tu ne mourras pas – nous y veillerons, rassure-toi – tu parleras, mais oui, Tallal, tu parleras, tu abdiqueras, et tu nous vendras tes compagnons d'armes, tes amis, tes frères, et tu auras raison : on résiste à la mort, jamais à la torture. Mais... »

Ilan s'interrompt pour vérifier si sa pipe est bien bourrée et, d'en dessous, il examine son prisonnier.

Tendu, à l'affût, Ilan entend presque la pulsation du sang qui gonfle les tempes du jeune Arabe. Il est surpris : il s'attendait à déceler un soulagement – un espoir vite réprimé – sur son visage à cause du « mais », or c'est le contraire qui s'est produit : Tallal semble déçu. Est-ce parce qu'il redoute la torture psychologique plus que la douleur physique ? Craint-il un piège ? Y a-t-il autre chose ? De toute façon, c'est une brèche ; il s'agit désormais de l'élargir.

« Rassure-toi, Tallal : tu ne seras pas torturé. Bien qu'efficace, la torture me répugne. Je n'y crois pas. Voici le fond de ma pensée : ta faiblesse te protège. Je ne me vois pas en train de torturer un homme sans défense. Et puis, à quoi bon ? Ce que tu sais, je le sais aussi, ou je l'apprendrai bientôt, par d'autres sources. Je ne tiens point à me salir les mains, à m'abaisser à mes propres yeux. Donc... »

Il frotte une allumette et l'éteint aussitôt :

« Je vais te dire mes projets te concernant : tu resteras en prison, tu seras traduit en jugement et – vu les armes dont tu étais porteur – le tribunal militaire te condamnera à la prison à perpétuité. Pas terrible tout ça. Demain, il y aura la paix entre nos pays. Tu finiras par rentrer chez toi. »

Maintenant, Ilan en est convaincu : l'idée, la perspective de non-souffrance inquiète le terroriste. Serait-il stupide ou inconscient ? Ilan ne comprend pas, ça l'agace de ne pas comprendre, mais il ne le montre pas. Puis, comme dans un éclair, il voit le bref frémissement qui parcourt le prisonnier : il a cillé en serrant les lèvres. Cela n'a duré qu'une fraction de seconde, mais Ilan l'a aperçu. De quoi a-t-il donc peur si ce n'est pas de la souffrance ? Et la réponse est, soudain, évidente : il a peur de ne pas souffrir. Il veut souffrir. Il s'est préparé à la souffrance, à la torture, probablement aussi à l'agonie et à la mort. La raison ? Peut-être pour servir d'exemple. Pour allonger la liste des martyrs palestiniens. Pour fournir de la matière à la propagande anti-israélienne. Et aussi : pour forcer l'adversaire juif à pratiquer la torture, donc à se trahir, donc à choisir l'inhumain. Pour Ilan, c'est un dilemme...

Mon père, agité, pose l'article et répète : « Pour Ilan, c'est un dilemme. » Pourquoi sa voix tremble-t-elle en demandant à son ami ce qu'il en pense ? Les coudes sur la table, Simha répond en bougonnant :

« Je ne vois pas le dilemme. Si Ilan pense ce qu'il dit, si le silence de Tallal n'entraîne aucun risque, il ne doit *pas* le soumettre à la torture.

— Mais comment savoir ? Comment être certain ? Supposons que, plus rusé qu' Ilan, Tallal ait feint la déception ; supposons qu'il ait un acolyte en prison, un plan, une stratégie : dans ce cas, Ilan ne ferait-il pas mieux d'employer tous les moyens pour lui faire cracher le morceau ?

— Donc... tu es pour la torture ?

— Non, dit mon père avec fermeté. Je suis contre. En théorie et en pratique, je m'y oppose. La torture

159

est humiliante car elle dénature l'humanité de l'agresseur et de l'agressé : la victime devient plus humaine que le tortionnaire.

– Mais... tu n'es pas contre la peine capitale ?

– Si. Je le suis. Et toi aussi, Simha, tu es contre. Quel est le sens de toutes nos études ici si ce n'est pas pour accentuer et illustrer notre opposition à l'humiliation suprême qu'est la mort donnée aux hommes par les hommes, leurs semblables ?

– Leurs semblables ? Tu y vas un peu fort.

– Aux yeux de la Mort tous les hommes le sont, dit mon père. Le problème c'est l'instant qui précède et qui, figé dans le temps, le représente dans sa totalité. »

Là-dessus, mon père se lance dans un exposé sur la morale et la phénoménologie, citant tour à tour Parménide et Heidegger, Hegel et Husserl : la durée et la perception, le langage et les noms et leurs rapports infinis éclairés par la conscience... Si bien que Simha doit l'arrêter pour le ramener au sujet :

« Ilan est quand même confronté à un dilemme : vivant, Tallal représente un danger certain ; mort, un danger possible. Bon, l'Etat doit assumer ses responsabilités : désarmer Tallal sans le tuer ; le rendre inoffensif sans le frapper. Jusque-là, tout peut se résoudre. Mais je continue : imaginons, veux-tu, puisque l'imagination est une composante de la torture, imaginons Tallal qui sait qu'une bombe va exploser le lendemain et causer la mort de nombreux êtres humains ; imaginons Ilan qui sait que

Tallal sait. Tallal, supérieurement intelligent, déterminé à faire d'Ilan un tortionnaire, peut parfaitement l'y contraindre. Que fera Ilan? Si Tallal se tait, c'est le désastre. Comment le faire parler?

– Par la ruse, dit mon père. Si Ilan est bon, il emploiera la ruse; s'il n'est pas bon, qu'on le remplace.

– Et si la ruse n'est pas efficace? Supposons que le temps manque? L'intelligence, la psychologie, la ruse, ça exige du temps, ça peut prendre des heures, des jours : il n'existe qu'un raccourci en ce domaine-là, la torture.

– Je m'y oppose, persiste mon père.

– Que proposes-tu à sa place?

– C'est Ilan qui doit proposer quelque chose, pas nous.

– Tu lui dis d'agir, puis tu le juges, c'est commode. »

Mon père manque d'étouffer, tant il est indigné :

« C'est faux, et tu le sais bien, Simha. Je le laisse agir et je me juge. »

La discussion – orageuse, loufoque – continue jusque tard dans la nuit. Etourdi de fatigue, je me fais violence pour garder les yeux ouverts. La curiosité me tient éveillé : qu'aurais-je fait à la place d'Ilan? Le matin, au petit déjeuner, je demande à mon père comment la soirée s'est achevée.

« Rien ne justifie la torture », dit-il.

Une pensée troublante me traverse l'esprit : qu'aurais-je fait à la place de Tallal?

« Et la mort ?

– Rien ne justifie la mort », dit mon père.

Je me trouve en parfait accord avec lui, mais je ne comprends toujours pas pourquoi Bontchek n'a pas été admis à prendre part à la discussion.

La veille du Nouvel An juif, je me rends en autobus à Pokiato, petite ville sereine, derrière les Catskill Mountains. L'esprit préoccupé, je ne lis pas le journal que j'ai acheté à la gare centrale. Je n'ai jamais fait ce parcours sans angoisse. Au bout, c'est la douleur nue et inconsciente.

Ma mère.

Elle vit à Pokiato. Ou du moins, elle y réside. La clinique est bien entretenue. Propre. Confort et soins médicaux. Nourriture suffisante. Télévision et jeux sous la surveillance d'un personnel compétent et chaleureux. Fin de l'annonce publicitaire.

Ma mère.

De plus en plus petite, de plus en plus paisible. Dans sa nuit, qui appelle-t-elle? Ses yeux d'un bleu délavé voient sans voir, glissent sur moi sans s'arrêter, sans m'emporter.

On l'aide à se vêtir, à s'allonger, à marcher, à manger. On l'appelle et on l'encourage, on la gronde gentiment, on lui fait la morale, on l'exhorte à bien se conduire.

Je renvoie les infirmières. Je veux être seul avec elle. Lui parler. Peut-être, avec un peu de chance, la faire parler. Percer le voile, fendre la muraille, lui faire sentir ma présence, ma nécessité d'apprendre son secret.

Je caresse ses mains encore délicates et fines, et lisses comme celles d'un enfant; je passe ma main dans ses cheveux noués en chignon, je touche son front, ses joues creusées, ses paupières. Et je lui parle, je lui parle.

Un rayon de soleil, entré par effraction, allume ses prunelles. Je sursaute : un signe? Je retombe, déçu. Pourtant, il ne faut pas céder, lui dis-je. Il ne faut pas perdre espoir. Demain soir commence la fête du Nouvel An. Je prierai pour toi. Je prierai pour nous tous. Pour les vivants et pour les morts. Pour que les morts, apaisés, cessent de tourmenter les vivants.

Tous ces mots, les ai-je articulés, prononcés? Ma mère ne les a pas entendus. Depuis l'âge de six ans, je lui parle et elle ne m'entend pas.

Quand je me pose dans son champ de vision, devant elle, ainsi que je le fais maintenant avant de la quitter, quand je me penche sur elle, mes yeux dans les siens, elle me regarde mais ne me voit pas. Puis, elle me voit. Qui voit-elle?

Le chemin du retour, je le fais en compagnie de Simha, plus ténébreux que jamais. Je l'ignorais, mais lui aussi vient tous les ans rendre visite à ma mère, avant ou pendant la période des grandes fêtes juives. Nous nous sommes retrouvés à la station de l'autobus. Sourires gênés, compatissants. Je n'ai pas envie de bavarder. Lui non plus. Tant mieux. L'autobus roule à tombeau ouvert. L'autoroute : blancheur indifférente, bordée, striée de panneaux publicitaires. Ciel sans nuage. Je laisse ma pensée s'échapper et pénétrer dans le ghetto où Simha m'est plus présent qu'ici. Le quartier interdit et condamné est devenu ma demeure : j'y connais les bruits du matin et les battements d'ailes de la nuit. Les gémissements des mourants, le chant funèbre des fossoyeurs, les litanies des orphelins morts : je les entends.

Soudain, à voix basse et étouffée, Simha se met à me raconter une histoire de ce temps-là, un événement qui fut décisif dans la vie de mon père et dans la sienne, et qui illumine un aspect de leurs personnalités que jusqu'ici je ne connaissais pas.

« Ton père et moi sommes liés par une fraternité qui a résisté aux années et à leurs turbulences. Nous étions toujours du même bord. Même quand Rabbi Aharon-Asher se prononça contre une certaine action, appuyée par ton père, je me rangeai aux côtés de ton père. Sais-tu à quoi je me réfère ? Non ? Pourtant tu pouvais le deviner : n'assistes-tu pas à nos rencontres mensuelles ? Nous cherchons des arguments pour justifier... un acte, grave et terrible, que nous avons commis ensemble, jadis... »

Automne 1942. Avec le Nouvel An, le ghetto de Davarowsk s'enfonce dans le malheur et la malédiction. Les malades s'éteignent, les vieillards s'éclipsent et disparaissent. Le ghetto se lamente : « Ecoute, Seigneur, reçois nos requêtes; inscris-nous dans le Livre de la vie. » Le gouverneur militaire Richard Lander, usurpant son rôle, décide qui vivra et qui périra, et de quelle manière. Pour le jour du Grand Pardon, le plus sacré de l'année, il organise une chasse à l'homme en règle : « Ainsi les Juifs auront la preuve que leur Dieu se veut sourd à leurs prières. »

Au début de la matinée, deux cents hommes et femmes sont déjà ramassés et parqués sur l'unique square du ghetto. Il fait beau, le soleil dispense ses bienfaits en abondance. Une fumée grisâtre s'échappe d'une cheminée, quelque part dans la ville chrétienne. Un silence, surgi du creuset des temps, enveloppe les condamnés et les isole des vivants. « C'est aujourd'hui que, là-haut, le décret est signé : le sort des individus et celui des nations y est déjà déterminé : qui gagnera et qui perdra, qui mangera et qui subira la faim, qui mourra par la peste et qui par le bruit... » Autour d'eux, les Juifs du ghetto de Davarowsk récitent les prières solennelles en gémissant, en pleurant.

Pour l'instant, rien ne se passe. *L'Ange* inspecte les rangs et adresse une parole aimable à une vieille grand-mère, une autre à un ancien mutilé de guerre. Il s'arrête devant Fischel-le-fourreur et l'interroge :

« Tu as l'air souffrant. Serais-tu malade ? Ah ! que je suis bête ! C'est parce que tu jeûnes, c'est cela, non ? Est-ce que je me trompe ?

– Non, vous ne vous trompez pas, monsieur le gouverneur militaire, dit l'interpellé. Aujourd'hui est un jour où il nous est interdit de manger, de boire, de nous laver...

– ... et de faire l'amour, enchaîne *l'Ange*. Tu vois ? Je connais vos lois par cœur. »

Le stationnement debout, le jeûne, la soif, l'incertitude, la peur : çà et là un homme s'effondre. Affaiblie, une femme émet un cri, vite étouffé, et se met à pleurnicher ; son mari lui chuchote à l'oreille des paroles inaudibles.

« Mesdames et messieurs ! »

La foule, soudée, se penche en avant. *L'Ange* s'éclaircit la voix.

« Je vous remercie de votre attention. J'ai une faveur à vous demander. J'aime les prières juives. Il me plairait de vous entendre les réciter. En chantant de préférence. »

168

Les gens n'en croient pas leurs oreilles. Il est fou, pensent-ils. Prier? Chanter? Ici? Maintenant?

« Vous semblez surpris; cela me trouble, je l'admets volontiers. N'êtes-vous pas juifs? N'est-ce pas le jour du Kippour aujourd'hui? Que feriez-vous si vous étiez à la synagogue? Imaginez que vous assistez à l'office. Et puis... »

Il s'interrompt un instant, respire avant d'enchaîner :

« ... Imaginez aussi que je suis le Seigneur votre Dieu. »

Alentour, des centaines et des centaines d'hommes et de femmes, et d'enfants aussi, suivent la scène sans oser respirer.

« J'ai le temps, dit l'officier SS. C'est l'attribut de Dieu : il sait attendre. Comme Lui, j'ai beaucoup de patience. »

Il se retire à l'ombre où il s'assied sur un tabouret. Il allume une cigarette, parcourt le journal, bavarde avec ses subordonnés : c'est comme si les Juifs n'existaient plus.

Au ciel, un nuage argenté s'étire, gracieusement; sa traînée se dissipe en accrochant une formation d'oiseaux migrateurs. Un homme s'évanouit en les suivant des yeux.

« Eh bien? demande *l'Ange*. Et ces prières? Emportées par les oiseaux? »

Nul ne bronche. L'officier se remet à lire son journal. Une heure s'écoule. Normalement, à l'office, on terminerait la prière du matin pour aborder celle du *Moussaf*.

Soudain, une femme avance :

« Monsieur l'officier », dit-elle.

Il se lève et vient lui faire face :

« Qui êtes-vous ?

— Hanna. Je m'appelle Hanna Zeligson. Je suis l'épouse de Simha Zeligson.

— Je t'écoute. Tu veux me présenter tes suppliques ? Tu veux me réciter tes prières ? Vas-y, commence. »

Elle se redresse, se compose une attitude digne, passe sa main sur sa robe comme pour l'épousseter.

« Je ne peux pas », finit-elle par dire.

Sa voix est claire, bien qu'un peu faible.

« Tu ne sais pas chanter ? Ni prier ? Mais alors pourquoi... ?

— Je sais chanter. Je sais prier, monsieur l'officier. Les femmes, chez nous, sont instruites. Nous assistons aux offices et savons lire l'Ecriture. Mais... je ne *peux* pas le faire. Pas ici. »

L'officier la toise :

« Pourquoi pas ? Puisque je te dis : imagine que je suis ton Seigneur, ton Dieu !

— Justement, monsieur l'officier : vous ne l'êtes pas.

— Je ne comprends pas tes scrupules, dit *l'Ange* après un moment. Je croyais que les Juifs aiment prier ; vous passez votre vie à prier ; en fait, vous avez traversé l'Histoire en priant...

— En effet, monsieur l'officier, dit Hanna Zeligson toujours calme et le front haut. Prier, pour un Juif,

170

est une affirmation de foi. Cette affirmation vaut seulement si elle est libre. Il nous appartient de choisir l'objet – ou le sujet – de notre foi. Foi en Dieu, oui; foi en nos ancêtres, oui encore. Foi en la Mort, jamais. »

L'officier fait un pas en avant comme pour la frapper, mais il se ravise. L'acteur en lui a pris le dessus.

« Je ne te dis pas de prier la Mort mais de prier Dieu. Et si je te disais que la Mort était Dieu? Ecoute-moi, femme juive : ma voix est celle de ta mort. Couvre-la avec tes prières et tu vivras peut-être.

– Jamais, dit Hanna Zeligson.

– C'est toi qui l'auras voulu. »

Il s'incline courtoisement et se retire. Ses subor-donnés, à genoux, sont prêts à tirer. La foule, muette de stupeur, se recueille. De temps en temps, un corps s'affaisse. Le soleil, au zénith, se fait lourd et chargé de plomb. Des hommes, des femmes vacillent. D'autres s'assoupissent debout. Tels des hallucinés, tous essaient de ne pas penser au ciel rougeoyant, au sol brûlant. Qui vivra, qui mourra? Les deux cents mourront. Avant que la journée ne s'achève, avant que l'office de *Neila* n'arrive à son terme, tous auront péri.

Debout, dominant les cadavres, défiant le ciel et la terre, l'officier SS Richard Lander s'écrie :

« Voyez, j'ai eu raison de le proclamer : je suis la Mort et je suis votre Dieu. »

Le soir même, quatre hommes se retrouvent dans un abri souterrain : Reuven Tamiroff, Simha Zeligson, Tolka Friedman et le Rabbi Aharon-Asher. Encore à jeun. Est-ce l'ampoule poussiéreuse ? Ils sont tous pâles. Malades.

« Je vous invite à prêter serment, dit Reuven Tamiroff sans ambages. Celui d'entre nous qui survit à l'épreuve jure sur son honneur et sur la sainteté de notre mémoire de tout entreprendre pour tuer le tueur, fût-ce au prix de sa vie.

– Nous le jurons, répondent Simha et Tolka.

– Et vous, Rabbi ?

– J'aimerais te parler d'abord, mon ami Reuven. »

Ils s'isolent dans un coin sous des toiles d'araignée qui manquent les recouvrir. Simha les voit qui discutent sans s'emporter, sans élever la voix, sans se quitter des yeux. Le Rabbi défend la tradition et la loi juives qui interdisent le meurtre ; Reuven plaide pour les victimes. « Comment pouvez-vous défendre leur bourreau, Rabbi ? – Ce n'est pas le bourreau que je défends, mais la Loi. La Loi ne peut pas être violée, Reuven. Que le gouverneur militaire est un assassin, tout le monde le sait ; qu'il doit être jugé, je le dis aussi. Mais alors, attends qu'il le soit. – Nous l'avons jugé. Considérez notre groupe comme un tribunal. – Un tribunal ? De quatre membres seulement ? Il t'en faut vingt-trois. Et puis, l'accusé a droit à un défenseur, tu oublies

172

cela? » Ils se quittent à minuit, chacun sur sa position.

« C'était leur premier différend, dit Simha. Leur dernier aussi. »

Pour moi, c'est la première percée : soudain, il me semble que je comprends bien des choses.

Extrait des lettres de Reuven Tamiroff à son fils Ariel :

Je sais : tu ne vas pas me croire, tu vas être choqué, peut-être même déçu, atterré, mais c'est la vérité. Il m'importe que tu l'apprennes. Ton père a bel et bien versé du sang, il a commis l'ultime violence. J'ai tué, Ariel. J'ai anéanti une vie. C'est à cause des morts, à cause de toi, mon fils, que j'ai donné la mort. Pour te venger j'ai assumé le rôle et la mission de justicier.

L'homme que j'ai supprimé, ou que j'ai aidé à supprimer, tu l'as bien connu, il te connaissait aussi : Richard Lander, le gouverneur militaire du ghetto et de la ville de Davarowsk. L'Ange. Tu te souviens de lui, n'est-ce pas ? Lui se souvenait de toi.

Nous l'avons condamné à mort. Le procès s'est déroulé en bonne et due forme. Je faisais partie du tribunal. Et aussi du groupe qui exécuta la sentence.

Je vais tout te raconter, mon fils. Tu as le droit de

tout savoir. D'ailleurs, tu es au courant de tout. Là où tu te trouves, seule la vérité compte, elle seule existe.

Ecoute, Ariel.

Avril 1946. Ta mère et moi, miraculeusement sauvés dans des camps séparés, appartenons à la tribu des errants. Même quand nous ne bougeons pas, nous sommes des nomades : la tête et le cœur cherchent des lieux différents, lointains, inexistants, pour se reposer.

Je ne te raconterai pas l'expérience de ces camps de rescapés; cela ne se dit pas aisément. Les humiliations quotidiennes. Les dépressions constantes. Le sentiment constant d'être « de trop ». Aucun pays ne veut de nous. Pas de visas. Systèmes draconiens de quotas. Examens médicaux abjects. On nous traite en esclaves ou en bêtes de somme. Les pays riches n'admettent que les riches; c'est-à-dire les parents de riches, que les corps sains, que les jeunes. Quant aux vieux, aux malades, aux désespérés, aux mutilés de l'âme, ils n'ont qu'à rester dans les baraques et vivoter de la charité internationale.

Nous sommes donc en 1946. Hébergés dans un centre pour « personnes déplacées » aux environs de Ferenwald. Journées mornes, nuits cauchemardesques. Je ne me reconnais pas : je sais que c'est irrationnel, je sais que c'est illogique et enfantin, mais je te cherche, je te cherche activement, infatigablement. Pas comme ta mère : elle, la pauvre, t'a trouvé. Elle te voit. Elle te parle. Elle te soigne et te nourrit. Elle ne se lasse pas de me vanter ta beauté, ta maturité précoce. Au début, je fais un effort, je dis : « Il ne faut

176

pas, Rachel. Tu pèches contre la nature. Et contre l'Eternel. » Puis, j'abandonne.

Un jour, je reçois la visite de Simha. Nous nous embrassons. Il habite Belsen. Je l'observe avec inquiétude : chercherait-il ici son épouse, Hanna? Non, il l'a vue mourir; nous l'avons tous vue mourir. C'est moi qu'il cherche. Pour me mettre au courant.

Nous nous isolons dans un coin pour que Simha puisse parler tranquillement. Il s'agit de l'Ange : il est en vie.

« Oui, répète Simha. Il vit. Nous avons retrouvé sa trace. »

Sais-tu, Ariel, que des mots peuvent frapper, cogner, comme des objets? Sais-tu qu'ils font mal?

Simha me fournit des éclaircissements : c'est un officier de la Brigade juive palestinienne qui a découvert le bourreau du ghetto de Davarowsk; son unité secrète traque et punit les grands tueurs nazis.

« L'Ange a été repéré dans une ville de province nommée Reshastadt, dit Simha. Nos amis maintiennent autour de lui une surveillance totale. Est-ce que...? »

Je devine sa question :

Ma réponse est oui. Nous avons prêté serment. De quel droit le trahirais-je?

Inutile d'entrer dans les détails, mon fils. Nous sommes, Simha et moi, partis à Francfort où nos amis de l'unité spéciale nous ont donné des instructions pour la semaine suivante. Je t'en fournirai une description une autre fois. L'important, c'est que l'opération a réussi. Nos amis n'étaient pas des novices. Préparation, exécution : en vérité, Simha et moi

177

n'étions que des assistants, de pâles figurants. Ce sont eux qui ont décidé du lieu et de l'heure; ce sont eux qui ont lancé la grenade. Comme à travers une brume épaisse, comme à travers les murailles d'un ghetto lointain, j'ai vu et entendu l'explosion; j'ai aperçu un homme – l'Ange – effondré, étendu sur le pavé. Mission accomplie. Ambulance, voiture de police. Nous sommes en 1946; l'Allemagne, occupée, ne fonctionne guère. La mort d'un individu ne choque ni n'indigne personne. Un fait divers...

Plus tard, avec Simha, nous en parlerons souvent, régulièrement, lors de nos réunions mensuelles. Aurais-je participé à l'opération si tu n'y étais pas impliqué? Avais-je bien fait d'y prendre part? Avec Simha, nous cherchons idées et éléments pour justifier après coup notre geste...

Des mots, Ariel, je sais bien. Justice est faite? On le dit, on a tort de le dire à la légère. Même si l'on pouvait exécuter l'Ange mille fois, six millions de fois, justice ne serait pas faite: les morts sont morts, mon fils, et ce n'est pas la mort du tueur qui leur rendra la vie.

Je songe à mon ami le Rabbi Aharon-Asher qui, dès le départ, s'était prononcé contre nos procédés. Et si c'est lui qui avait raison?

« Père, dis-je d'une voix rauque. Qui est Ariel? »

Il semble las, mon père. Comme toujours, depuis toujours. Je sais: je devrais le ménager, le laisser tranquille, mais j'en suis incapable. Tendu jusqu'à la douleur, je le supplie de parler, d'expliquer: ce que je viens de découvrir me paraît grave. Il serait absurde de ne pas poursuivre.

« Je ne suis plus un enfant, continuai-je. Ne me protège plus. Je souhaite connaître ces forces maléfiques qui rôdent autour de nous. »

Tout mon être est en feu : je sens la flamme qui court dans mes veines. Je m'écrie :

« Tu as passé des années à écrire des lettres à quelqu'un que tu nommes Ariel : qui est-ce? Tu l'appelles : fils. Est-ce moi? Qui suis-je, père? »

Il bouge sur sa chaise comme si elle lui brûlait la peau, il se lève, se rassied, se lève à nouveau, ouvre un tiroir et le referme, se dirige vers la fenêtre et revient.

« Je ne pensais pas que tu savais, dit-il faiblement. Ces lettres, où les as-tu trouvées?

— Par hasard. Un jour, j'ai voulu lire ton manuscrit sur Paritus. Elles étaient cachées à l'intérieur... »

Il n'ose me regarder dans les yeux. Il se sent apparemment coupable. J'ignore de quoi.

« Ainsi tu as tout lu?

— Non. Pas tout.

— L'histoire du serment?

— Oui.

— Quel effet cela te fait-il d'apprendre que ton père a participé à une exécution?

— Aucun.

— Ne me dis pas que cela te laisse indifférent! »

Indifférent est un mot fort, mais pas entièrement inexact. Les histoires de vengeance ne m'ont jamais passionné. Certes, j'applaudis les chasseurs divers,

179

particulièrement ceux des services secrets israéliens, qui traquent les criminels de guerre nazis du genre Eichmann et Mengele, mais réduire l'Evénement à cela exclusivement me paraît puéril. Mon père, en 1946, a châtié un assassin? Très bien. En ce temps-là, c'était sans doute la chose à faire. C'est le nom Ariel qui a accroché mon regard. Mon père lui écrit avec une tendresse qui me bouleverse; je dois savoir qui c'est.

« Soit », dit mon père.

Il prend son manuscrit et en sort quelques feuillets, il me les tend. Je lis, debout..

Dehors, il fait sombre. A l'intérieur, il fait sombre. Une foule dense, voûtée, attend que le portail s'ouvre pour voir le ciel et respirer l'air frais.

Elle semble recueillie, saisie par l'aspect sacré et transcendant de l'événement. Nous sommes tous des vieillards sans avenir. Résignés, nous ne sommes plus de ce monde. Pourquoi avons-nous été désignés pour ce premier convoi « vers l'est » ?

Une voix d'enfant – la tienne, Ariel ? – me touche aux larmes. Heureusement que nous sommes ensemble. C'est bien le mot que j'ai entendu : heureusement. Je réponds : Nous allons partir en voyage; ensemble. J'aime les trains, a dit l'enfant.

Moi, ce n'est pas les trains que j'aime; c'est les gares.

Je pourrais y passer des jours et des jours sans me lasser; je pourrais y voir ma vie défiler à travers les voyageurs qui vont et viennent et pour qui je n'existe

guère. Mais elles ont changé, les gares. Trop grandes.
Modernisées. Ces trains électriques sont trop brillants,
trop efficaces, trop propres. Je préfère les trains à
vapeur. Le sifflement prolongé. La fumée blanche.

Tu devais avoir six ans, un peu plus peut-être,
lorsque, pour la première fois, nous étions dans une
gare. Elle était petite, je m'en souviens. Ensoleillée, je
m'en souviens aussi. Une bâtisse très longue, très
sombre donnant sur les quais. Des gens pleurent, c'est
normal. Bientôt le train va arriver, on va se séparer.
Calmez-vous. Quelqu'un dit : Calmez-vous. Cela ne sert
à rien. On se bouscule, on se cogne les uns aux autres,
on se marche sur les pieds. Insultes, prières, regards
muets. Aie pitié de nous, Seigneur. Quelqu'un dit :
Seigneur, aie pitié de nous. Une femme folle répond en
riant, et je ne sais pas ce qu'elle a répondu; je sais
seulement qu'elle a ri. Des voix s'élèvent : faites-la
taire, ah! oui, elle ne devrait pas rire, ça n'est pas
l'endroit, ni le moment. Puis, brusquement, c'est le
soir. Le portail s'ouvre et un homme en uniforme —
très grand, très fort : un géant. vient nous annoncer
que le train est en retard; il n'arrivera que demain.
Bon signe, dit quelqu'un. Mauvais signe, répond son
voisin. Comment va-t-on passer la nuit ici? demande
une voix. On manque de place pour s'étendre. Bon, on
dormira à tour de rôle. Pas les enfants, dit un vieil
homme, et je me souviendrai toujours de sa voix mais
non de son visage. Les enfants dormiront dans un
coin, près de la fenêtre ouverte. Erreur. Le géant
ordonne qu'on ferme les fenêtres. Mais on va étouffer,
crie une femme. D'autres se joignent à elle : On va
étouffer, on va étouffer! Bon, le géant a bon cœur :

181

deux lucarnes resteront ouvertes, mais interdiction de s'en approcher, compris? Non, je n'ai pas compris, mais cela ne veut rien dire. Je ne comprends toujours pas : tu nous as quittés cette nuit-là, tu avais six ans; tu as toujours six ans.

Les enfants morts ont de la chance; ils ne grandissent pas.

Mon père, en détresse, finit par bredouiller quelques phrases çà et là que j'attrape comme des écorchures : il était une fois, il était une fois un petit garçon juif nommé Ariel, Ariel... Ce petit garçon, ce petit garçon juif possédait tous les dons, toutes les grâces... Ariel était l'enfant choyé et comblé du ghetto de Davarowsk... Ariel était la gloire et l'avenir de la communauté juive condamnée de Davarowsk... Quiconque se laissait aller au découragement n'avait qu'à le voir sourire pour reprendre courage... Ariel était le cœur dont parle Rabbi Nahman de Bratzlav, le cœur du monde, le cœur de ce cœur qui ressemble à un être humain languissant de désir et de beauté...

J'écoute mon père et j'ai l'impression d'entendre un conte irréel, merveilleux. Les paroles coulent et se fondent les unes dans les autres, et on dirait que c'est la même qu'il reprend chaque fois, comme pour m'envoûter. Je comprends beaucoup de choses désormais, mais j'ignore si ce sera source de douleur ou de paix. La solitude de mon père et celle, plus visible, plus concrète, de ma mère malade : tous deux vivent avec leur enfant mort; ils cherchent en moi leur fils disparu, mon frère Ariel.

Et moi, dans ce rêve?

Je suis écrasé de tristesse. Je tombe en elle comme dans un puits. Il me semble entendre le bruit que ma conscience fait dans sa chute.

Pour ne pas succomber entièrement, je m'approche de mon père. Ce que j'éprouve pour lui en ce moment est plus et autre chose que de l'amour : je voudrais tant le protéger, lui restituer sa jeunesse, sa vigueur, sa faculté de surprise et de bonheur, son autorité de père, sa vie.

« Ariel, mon petit Ariel, dit-il en chuchotant tel un enfant fautif, malheureux.

– Oui, père », dis-je.

Ses yeux se voilent, son souffle s'alourdit tandis qu'il répète :

« Ariel.

– Oui, père. »

Un instant, il se raidit; puis il lâche prise. Il éclate en pleurs, lui qui n'a jamais pleuré. Sur qui verse-t-il des larmes? Sur son fils mort ou sur l'autre qui a usurpé sa place?

Je me sens accablé d'années.

Pour atténuer ma nouvelle obsession d'Ariel, je m'en invente une autre : celle de *l'Ange*. Il m'importe de mieux le connaître. Je cours d'une bibliothèque à l'autre, d'un service de documentation à l'autre. Je consulte les archives du *New York Times*, je demande à Lisa, qui doit se rendre à Washington, de consulter les archives spécialisées de la *Library of Congress*, j'écris aux historiens Trunk et Wulf, et peu à peu je décèle des pistes : le personnage se dessine lentement, il se fait moins flou, moins évanescent.

On mentionne son nom, à quatre reprises, aux procès de Nuremberg. On cite ses activités à Francfort où sont jugés les bourreaux d'Auschwitz. Des témoins se souviennent l'avoir aperçu à Belzec et à Chelmo : il s'y était rendu pour parfaire son instruction.

J'ai même réussi à mettre la main sur une photo. Elle le montre en uniforme SS, cravache à la main, faisant un discours à un groupe d'officiers SS, quelque part en Pologne. La photo, je l'ai trouvée dans un album peu connu, intitulé : *Images de la mort.*

Une référence à ses ambitions théâtrales figure dans l'interrogatoire du colonel SS von Gleiwitz dont l'extradition en Pologne a suscité, début 1952, des clameurs outragées dans la presse allemande : « ... A Davarowsk nous nous heurtions à un problème plutôt ridicule : après leur travail de la journée, mes hommes de l'*Einsatz-kommando II* étaient contraints d'écouter des discours sans fin du commandant local, un certain Richard Lander, lieutenant-colonel SS et, à ses heures, acteur franchement médiocre. »

Emprisonné dans ma minuscule chambre d'étudiant, nageant dans la paperasse, j'essaie de voir clair en moi-même : qui suis-je ? Que suis-je censé faire d'une vie qui ne m'appartient pas, d'une mort qui m'a été volée par mon propre frère ?

Parfois, tard dans la nuit, je sens ma raison

vaciller. Je suis seul et pourtant j'entends les voix, les histoires de Simha et de Bontchek. Lisa me soupçonne de prendre des stupéfiants : j'ai l'air, dit-elle, d'un moribond.

Comment surmonter cette envie de tout abandonner, de me livrer aux fantômes nocturnes et voraces ?

Mes rapports avec mon père ont changé : je ne peux plus lui parler ouvertement. Je me méfie de lui. Par contre, mes liens avec Bontchek et Simha me deviennent plus précieux; je les rencontre séparément. Je leur parle, je les fais parler; je me plains de mon père; ils le défendent. Lisa veut que je l'épouse. « Ne te marie pas avec un mort, Lisa ! »

Je travaille mal, je n'arrive guère à me concentrer. La métaphysique m'ennuie autant que la poésie médiévale : le tueur de Davarowsk a envahi mon être, impossible de l'en déloger.

Je me lève, je me rassieds, j'ouvre un livre et le referme; je sors pour revenir; je gribouille des notes que je jette dans la corbeille. Et mes examens qui approchent. Une dissertation sur Dickens et la mythologie. Une autre sur Wittgenstein. Une troisième sur le thème des « origines » dans la pensée orientale... Ma tête éclate : noms, maximes, formules qui appellent ressemblances ou différences de conception, d'attitude, d'intuition. Il me faut oublier les êtres qui me peuplent, les visages qui obscurcissent mes horizons, il me faut également oublier, bien oublier Richard Lander sinon jamais je ne décrocherai mon diplôme. Je commence à le détester pour de bon, ce tueur nazi qui, même mort, me poursuit de sa hargne, de ses désirs capricieux. Oui, même mort, il ne me lâche pas, il me pousse vers cette zone interdite, ce clair-obscur où rien ne sépare la prière du blasphème, les triomphes des défaites, la boue de l'âme et l'âme de la terre; il me pousse vers le chaos, vers la démence. Plus il me pousse, plus la distance entre nous diminue; plus il se dévoile, plus il m'accapare. Je le traque, et pourtant je suis son prisonnier. Car, ainsi va la vie des survivants...

Un jour, toutefois, je finis par découvrir l'*Ange*. Cette découverte, sensationnelle, je la fis en mai, donc six mois plus tard, en parcourant le *Times*. Bien qu'en civil, un homme me parut vaguement familier : cette concentration habile, ce contrôle du regard habité par une ironie discrète, hautaine... Plus que ceux qui l'entouraient, cet homme public évoluait sur une scène invisible. Je m'emparai alors d'une loupe, étudiai la photo, me précipitai sur mes dossiers, sortis fébrilement l'album, laissai l'ensemble me tomber des mains, mais la coïncidence était aveuglante : c'était bien l'*Ange* qui me regardait sur cette page du *Times*. Sous un faux nom – Wolfgang Berger – il occupait maintenant une position enviée dans l'industrie allemande et européenne. Et son nom apparaissait dans l'article à propos d'une médaille qu'un institut philanthropique quelconque venait de lui décerner.

Je prends ma tête entre les mains. J'ai du mal à réfléchir. Mon cerveau ne fonctionne plus. A bout...

186

Je me sens à bout... Vidé. Cassé. Je devrais me mettre à rire. A rire comme je n'ai jamais ri de ma vie. Mais je n'y parviens pas. Plutôt, je sens une lourdeur me gagner, qui va bientôt me pétrifier. Je revois Bontchek, Simha, mon père et j'essaie d'imaginer Ariel. Je leur parle : « Vous ne saviez donc pas que l'*Ange* était un philanthrope, un ami de l'espèce humaine ? » Comme jadis, sous l'effet du LSD, je m'accroupis dans un coin de ma chambre; mais la tristesse, tel un mauvais vent, m'en chasse. Et avec mon ultime énergie, je saisis le téléphone et appelle Lisa : « Il est... vivant. » Elle ne comprend pas. Je lui répète la nouvelle la plus extraordinaire du monde et elle ne comprend toujours pas. Elle pense que je suis malade, surmené, que peut-être j'ai perdu la raison. Bon, elle laisse tout tomber et saute dans un taxi. « Veux-tu que je prévienne ton père ? – Ah! non, Lisa, surtout pas! Ne dis rien à mon père! »

Mon père, me dis-je. Il est capable de tout gâcher, comme il a tout gâché jusqu'à maintenant. Il me fait pitié : voilà le sentiment qui, tout d'un coup, domine tous les autres. Et je le plains... Comment peut-on être si maladroit? Il a tué un type et ce n'était pas le bon. Manque d'expérience ou de chance? Le fait est qu'il a raté son coup. N'importe qui, le dernier des imbéciles est capable de donner la mort : pas lui. Justicier, lui? Vengeurs, ses amis? Quelle plaisanterie! Face au professionnel, ils ne font pas le poids. Tu n'es qu'un amateur, mon pauvre père. *L'Ange* n'est pas mort comme nos morts sont morts, il n'est même pas mort comme nous le sommes; il est en vie et il se moque de toi, et de nous tous, et c'est normal : c'est lui qui gagne, comme il a toujours gagné. Pour savoir tuer, il faut aimer la Mort. Lui l'aimait, toi non. Lui était l'allié de la Mort, alors que toi tu n'étais que sa victime ou, au mieux, son adversaire. Or, pauvre père, ne sais-tu donc pas que ce n'est pas l'homme qui tue, mais la Mort ? En tuant, le tueur célèbre la Mort ! *L'Ange* savait s'y prendre ; la Mort et lui étaient du même bord ; toi, tu ne savais pas. Et maintenant ? Maintenant il est trop tard. Tu le sais bien, père : chaque fois qu'un homme se demande : « Et maintenant ? » c'est qu'il est trop tard. Et moi là-dedans ? Trop tard aussi. Pour moi, pour toi. Puisque je ne suis pas ton vrai fils, es-tu encore mon vrai père ?

Pauvre père. Tu as raté l'attentat comme tu as raté le reste. Tu as subi l'univers comme une maladie et l'existence comme un échec. Paritus n'est pas ton précepteur et ses méditations manquent d'intérêt : tu t'es trompé d'idole et de proie. Tu aurais mieux fait de les laisser tous deux dans l'oubli. Tu as raté l'examen. Recalée, l'ancienne gloire de Davarowsk.

Lisa, pratique, s'empare du téléphone et appelle le monde entier : les renseignements, les bibliothécaires de Washington, Harvard, Chicago, Yale et Reshastadt, pose des questions dans toutes les langues possibles, supplie et exige, en cajolant, en hurlant, et finit, une fois le tourbillon arrêté, par me rejoindre par terre dans mon coin préféré :

« Bon, annonce-t-elle. Je sais tout. Wolfgang Berger, ou si tu préfères Richard Lander, a eu de la chance : la blessure n'a été que superficielle. Une égratignure... »

Elle rit, je lui couvre la bouche de la main : ce n'est pas le moment.

« Avoue que c'est marrant », proteste-t-elle.

Sa bonne humeur m'agace. Fille de riches, elle s'amuse de la misère des autres. Je lui en veux. Elle ne comprend donc rien?

« Non, Lisa. Ce n'est pas marrant.
– C'est quoi alors?
– Triste. Profondément triste.
– Il y a des tristesses marrantes...
– Arrête! »

Heureusement, elle n'insiste pas. Je continue :

« Pour une fois que des Juifs réagissent normalement, comme n'importe qui, ils sont incapables de mener leur projet à bien! Pour une fois qu'ils choisissent l'action plutôt que la méditation, ils échouent! Comment peux-tu y voir un sujet de dérision? Moi, je trouve cela pathétique... »

Nous décidons d'aller informer mon père et son complice Simha. Fini, le repentir! Finie, la pénitence! Ils ont souffert pour rien! Toutes leurs enquêtes et toutes leurs études étaient pour rien! Toutes leurs obsessions expiatoires : pour rien aussi! C'est notre devoir de le leur dire.

En nous voyant arriver, mon père réprime un mouvement de frayeur : un malheur serait-il arrivé à ma mère? Nous le rassurons sans le rassurer; je lui demande d'appeler Simha : « Maintenant? Tout de suite? – Oui, c'est urgent. » Il obéit : Simha viendra sous peu, à la tombée de la nuit.

Je leur montre les photos, ils les examinent longuement. Lisa leur fait un rapport. Mon père, contrit, ne cesse de murmurer : incroyable, incroyable. Simha, du fond de ses ténèbres, se frotte le menton : impossible, impossible. Dans la lumière blafarde du salon, ils me font penser à des enfants punis; ils osent à peine relever la tête. Impossible? Incroyable? C'est vous qui l'êtes... On n'a pas idée de croire que, dans cette société, justice peut être faite par les victimes de l'injustice; on n'a pas idée de vouloir écrire l'Histoire en lettres d'éthique et de générosité. Allez, cessez de rougir. Appelez donc votre troisième compère, ce brave Bontchek, invitez-le à vos réunions stériles et puériles, allez, les jeux sont faits : on ne joue plus.

Je les laisse au salon. Lisa et moi descendons les escaliers en courant. Devant la maison de Lubavitch, une foule se presse pour entrer écouter le Rabbi chanter avec ses fidèles. Trois rues plus loin, c'est une église qui attire des centaines de Noirs. Encore plus loin, des drogués, étendus sur le trottoir, dorment d'un sommeil agité.

Nous retournons chez moi, Lisa est radieuse. Nous nous aimons. Cela au moins est sûr.

Le lendemain, je me sens mieux. Je me remets à mes études. Je rédige mes dissertations. Mai s'achève sur un succès. J'ai mon diplôme. Au revoir, City College. Au revoir, messieurs les phénoménologues. Bontchek, tu prends un verre? Encore un? Non, non : ne recommence plus tes récits, j'en ai soupé! Simha, fais-moi cadeau d'un sourire, vas-y, sors de tes ténèbres, tu n'iras pas en enfer pour un crime que nul n'a commis, secoue-toi donc, mon grand kabbaliste : cherche Dieu dans la joie, Il s'y trouve aussi, je te le garantis. Si nous partions en vacances, Lisa? A la montagne, hein? Qu'en dis-tu? J'aime les montagnes. Tu préfères la mer, toi? Soit : trouvons une mer dans les montagnes, veux-tu? Vive l'été, vive la paix.

Seulement, l'été ne dure qu'un été. Retour à New York. Canicule insupportable. Père cafardeux. C'est contagieux. Le quitter pour de bon? Je ne peux pas. Je ne veux pas. Malgré tout et à cause de tout, j'aime mon père, n'en déplaise à tous ceux qui aiment haïr le leur. Fermées les parenthèses : je retrouve ma routine, sauf que j'ai besoin d'un emploi.

Ce serait si simple de laisser passer les choses, de continuer « comme si ». Simple? Peut-être pas. En vérité, il est impossible de laisser passer les choses. Et il est bon que ce soit impossible, sinon la vie, dépouvue de mémoire et de portée, n'aurait plus de chaleur. Changer les événements, façonner l'imagi- nation, saisir la panique à sa source, le désir à sa naissance : tout cela est possible seulement si l'on ne laisse pas passer. Toi, Ariel, je m'arrête sur toi, je me penche sur toi : je refuse d'agir et de continuer comme si.

Durant   septembre,   j'écris   beaucoup.   Plus

qu'avant, plus que jamais. Pour me détendre? Pour comprendre. Pour me réconcilier avec mon père, je marche sur ses traces : j'écris des lettres à Ariel. Si lui peut écrire à son fils disparu, moi je peux bien écrire à mon frère unique, à mon frère mort.

LETTRES À ARIEL

I

Le 12 septembre

Mon cher Ariel,
*Je te vois mieux que je ne me vois moi-même;
sais-tu que tu me manques? Rien ne me plairait
davantage que d'être ton grand frère pour te guider à
travers un tunnel à la fois lumineux et sombre comblé
de trésors et de bêtes féroces; rien ne me plairait
davantage que de jouer avec toi.*

*Ferme les yeux à présent, tâche de les fermer
vraiment, sans nous voir sous tes paupières baissées.
Ecoute-toi devenir silencieux, vraiment silencieux,
sans ces cris qui montent et remuent en toi. Essaie de
te reposer, Ariel. Essaie de te poser sur ce qui peut
t'accueillir. Ne demande rien, ne cherche rien. Essaie
d'accepter, essaie de ne pas aggraver. Il t'appartient –
enfin – de faire que le repos soit.*

Il y a une paix en toi, il y a eu dans tes yeux des premiers regards innocents, il y a eu sur tes mains des gestes de caresse; il y a eu des battements doux et inquiets de ton cœur. Ne transforme pas cela en souffrance, mais seulement en mémoire : la privation d'aujourd'hui n'empêche pas que la paix et la gratitude puissent être, puisqu'elles ont été. Essaie de prendre la paix du passé comme une paix nouvelle, comme une paix nécessaire. Essaie surtout d'en faire une paix présente qui rejoigne celle du passé. Fais revivre en tes yeux le premier regard que tu as porté sur la vie, sur ta mère, notre mère; sur le soleil dans les arbres; sur l'être d'ombre parmi les ombres qui appelle et s'appelle Simha, on Bontchek, ou Ariel; c'est avec ce regard qu'il faut vivre et mourir, car le regard qui ne se veut que vide n'apporte que le néant.

Simha et ses ombres, Bontchek et son ivresse, père et ses silences : donne-leur un regard de confiance; donne-leur ta pureté, ou plutôt ta soif de pureté. Donne-leur ce qui fut ton enfance, et encore mieux : donne-leur ce qui demeure ton enfance.

Ne te refuse pas aux autres. Accepte-toi pour toi-même, pour moi, afin que tu sois pour eux; laisse tomber ta tête que j'imagine belle et rayonnante et inquiète, et qu'elle tourne si ça lui chante. Et laisse couler tes larmes, si ça leur chante. Sois vrai, Ariel. Détends ton regard. Reste ainsi. Regarde ce regard : en lui il y a tout l'effort de ce qui voudrait refléter l'effort d'avant, d'avant l'exil. Il n'y a ici que faiblesse, mais c'est pourquoi il doit y avoir ici, en ces lueurs, en ces signes, la plus grande force de l'homme devant sa destinée. Sais-tu qu'unir deux mots exige autant de pouvoir qu'unir deux êtres?

Il faut dormir maintenant. Tu es fatigué, à bout, comme moi. Tâche de dormir malgré tout, tâche de rassembler quelques forces pour demain. Au moins parce que, toute maladroite, toute boiteuse, une image de paix cherche à te rejoindre jusque dans la réalité de la mort : un enfant court dans la forêt et il court sans peur, et il crie parce qu'il en a envie, et il m'appelle parce qu'il m'aime bien, voilà l'image, c'est bien peu, mais je n'en ai pas d'autre.

Il faut fermer les yeux encore, te taire, essayer de te reposer; ne m'écoute pas, mais écoute ton désir de dormir; je suis ce désir. Ne m'écoute pas, mais écoute ton passé qui est aussi, de plus d'une façon, mon passé, et pleure, laisse couler tes larmes, va, laisse, et puis, essaie de retrouver à travers elles un sourire, le premier sourire sur le visage douloureux de ta mère, notre mère malade.

Ton frère.

II

Le 20 septembre

Ariel, petit frère,
Ne m'en veux pas, mais je me sens irrésistiblement attiré par l'Allemagne. Je crois que je vais m'y rendre.

Le poste que j'ai déniché, dans une petite université du Connecticut, attendra. Je souhaite voir le lieu, l'endroit où notre père a tenté, en ton nom, l'acte irréductible. Je ressens l'insistant besoin de refaire le chemin sur ses traces.

Cela te paraît étrange, j'imagine. Le ghetto, les cris, les tueurs, je n'y pensais plus depuis quelques semaines. Je croyais avoir abouti à un îlot d'où aucun rivage sanglant n'était visible. Je me suis trompé. Cela m'a repris brusquement, hier soir. J'ai dîné avec notre père. Simha était avec nous. Il nous expliquait le thème de la colère dans le mysticisme juif : il existerait une bénédiction céleste, divine, qui s'appelle colère. Soudain, Simha s'est interrompu, a baissé la tête jusqu'à la poitrine, comme il fait toujours avant de parler sur un ton personnel, intime, et a repris : Que serait la mer sans les vagues qui la fouettent ? Que serait la vie sans la colère qui la secoue ? Et Dieu, que serait sa création sans la Mort, que serait l'amour sans la haine ?

De retour chez moi, j'ai appelé Lisa; elle n'était pas chez elle. J'ai réfléchi sur ce que Simha avait dit. Je me suis rendu compte que la haine était une des choses que j'ai réussi à éluder, à esquiver; et, du coup, je ne savais plus si je devais en être fier ou non.

En vérité, la haine m'attire. L'Ange m'attire. J'ai besoin de haïr, de le haïr. La haine me semble une solution pour l'immédiat : elle aveugle, elle enivre, bref : elle occupe.

Elle occupe mon esprit : et si notre père avait raison ? Dans ce cas, il m'incombe d'achever son travail inachevé, de corriger sa faute, de réussir là où il a échoué.

196

Donc, j'ai décidé de m'envoler pour Reshastadt.
Rouvrir le dossier. Retrouver l'instant fatidique dans
le temps. Ce serait lâche de me dérober sous prétexte
de la prescription légale ou des années écoulées. Tant
que l'Ange et les tueurs de son espèce pulluleront sur
la terre, l'esprit des hommes restera taré. Ils ont tué
l'éternité en l'homme; ils n'ont pas droit au bonheur.
En te privant d'avenir, ils ont commis des crimes
innommables : ne pas le leur rappeler serait une
offense à toi. Si Richard Lander est heureux, c'est que
le bonheur est dès le départ corrompu. Si l'Ange peut
dormir en paix quelque part, c'est que le monde a
cessé d'être asile pour devenir geôle.

Ton frère.

III

Le même soir

Mon petit Ariel,
Trop excité, je crains l'insomnie. J'ai avalé un
somnifère. J'allais m'assoupir quand le téléphone s'est
mis à sonner. Lisa souhaiterait passer. J'ai dit non, pas
maintenant, demain peut-être, j'ai besoin d'être seul.
Elle n'a pas insisté. Elle a raccroché et je lui en sais
gré. Dix minutes plus tard voilà qu'elle sonne à la
porte : Tu avais la voix malade, me dit-elle. C'est une
fille bien : elle sent quand j'ai besoin d'aimer.

La voix malade: est-ce vrai? La pensée malade peut-être. L'imagination malade. Sinon pourquoi irais-je en Allemagne? Ne me dis pas que c'est pour guérir.

Ton frère.

IV

Le 25 septembre

Ariel,

Je t'envie, petit frère. Ils t'ont pris quand tu étais petit; ton enfance, tu l'as emportée comme une offrande. Pure, entière. Ils n'ont pas souillé ta vie, mon petit frère.

Pour moi, vois-tu, les choses sont plus difficiles. Certaines tentations sont difficiles à surmonter et plus encore à ignorer. Comme celle de s'accomplir par la douleur et en elle. Ou dans le Mal. Puisque le Bien aboutit au Mal, pourquoi ne pas le rejeter dès le début? Les mystiques anciens se sont heurtés à ce problème d'apparence insoluble : le Messie, disent-ils, arrivera le jour où l'humanité tout entière sera juste ou injuste. Pourquoi alors ne pas essayer l'injustice?

Je ne dis pas cela pour moi. Je suis trop faible. Trop vulnérable. Si je fais du mal, j'en souffre bêtement. Si je fais souffrir, j'en souffre doublement.

Je dis cela pour ceux qui incarnent les forces du

Mal. Pour ceux qui t'ont arraché à la vie, mon petit frère. Serait-il possible que leur crime ait correspondu à un dessein supérieur et secret? J'en envisage l'hypothèse et cela me gêne; c'est comme si j'essayais de comprendre les hommes qui t'ont livré aux flammes; c'est comme si je m'efforçais de me mettre à leur place, alors que, de toute mon âme, je voudrais être à la tienne.

Je t'envie, Ariel: tu es à ta place, seulement à ta place. Tu es, alors que moi je deviens.

Ton frère.

Toutes sortes de pensées inutiles lacèrent mon cerveau enflammé pendant que je m'installe inconfortablement dans le compartiment vide. Je suis en avance, comme toujours, redoutant d'arriver trop tard : un malheur, un accident, un oubli, un empêchement, tout est possible. Résultat : j'attends et je m'impatiente, et j'en veux à tous ceux qui, ponctuels, feront leur apparition à l'heure.

Que suis-je venu chercher à Francfort ? Que vais-je faire à Reshastadt ? Logiquement, je devrais prendre ma petite valise et rentrer chez moi. Partir avec Lisa. Courir dans le sable avec elle, escalader les montagnes, dormir, oui, dormir.

Je suis fatigué : l'avion a atterri avec du retard. Puis les promenades pour tuer le temps. J'ai les jambes molles. Je n'ai pas fermé l'œil de la nuit. Je dormirai dans le train.

J'aime le train. Je le préfère à l'avion où, pour des sommes ruineuses, vous voyagez coincé entre un touriste bavard et un dinosaure neurasthénique.

Dans le train, au moins, vous avez le loisir de vous lever, d'aller vous dégourdir les jambes dans le couloir; vous ouvrez la fenêtre, vous respirez l'air frais des montagnes et, si cela vous chante, vous pouvez toujours compter et recompter assidûment les poteaux télégraphiques, les vaches grasses et ennuyées, tandis que la vue de votre petit hublot dans l'avion, n'en parlons pas. Du bleu, du vide bleu à l'infini : c'est à vomir, tant c'est de mauvais goût. Si encore j'étais pressé, mais je ne le suis pas.

Tiens, il pleut sur Francfort. Comme jadis.

Jadis, mon père avait pris le même train, probablement à la même heure, pour des raisons de sécurité : un billet de chemin de fer c'est comme une flèche dans le noir, il ne laisse pas de trace. Involontairement, je jette un regard vers le quai : ai-je été suivi? Je me raisonne : ne sois donc pas bête; tu n'as rien à te reprocher, cesse d'adopter ce comportement de coupable.

La gare est morne, morne. Des voyageurs, frénétiques, courent pour échapper à la pluie. Bizarre : à travers la fenêtre, je les vois avancer au ralenti. Comme, au ciel, les nuages. Des traînées de crépuscule se faufilent dans les wagons bruyants. Des portières qui claquent. Voix de porteurs qui hurlent : par ici, par ici. Un enfant effrayé : « Maman, ne me laisse pas ici, j'ai peur. » Moi aussi, j'ai peur. Heureusement, la maman retrouve son enfant, les porteurs reçoivent leur pourboire, tout rentrera dans l'ordre, tout finira par s'arranger. Le jour baisse, des pas se pressent, des souvenirs se déchirent : comment faire pour empêcher que les fantasmes et les prières et les terreurs ne me poussent dans la démence? Je revois notre voisin, le Rabbi hassidique qui cite l'Ecriture : Et Moïse marcha entre les vivants et les morts, et le fléau s'arrêta. Et de commenter : L'homme doit savoir séparer les vivants des morts. Est-ce pour les séparer que je me trouve dans ce train? Et si c'était une erreur? Bah! mon petit frère, tu le sais aussi bien que moi : toute existence est le résultat d'une erreur.

J'ai froid. Mon imperméable, où est-il donc? Ah! j'ai dû le laisser sur le lit. Je vais attraper la crève. La bonne blague : je vais en Allemagne mourir d'un rhume.

Imperceptiblement, l'inquiétude me gagne. Je n'ai plus froid, je transpire. Non : j'ai froid et je transpire. Par chance, je suis encore seul dans le compartiment; pas besoin de dissimuler. Le soir tombe, il pleut encore; j'ai peur de la pluie et j'ai peur de la nuit. Je suis à un tournant. Je me suis engagé sur un chemin inconnu au bout duquel un étranger m'attend : je suis Jacob, je vais me battre avec l'ange; l'un de nous deux mourra.

Une image me vient – me revient? – à l'esprit : la chambre blanche – d'une blancheur désagréable, lancinante – à l'hôpital ou à la clinique. La voix douce, apaisante, d'un médecin qui dit de ne pas m'en faire, mais je m'en fais. Le sourire d'une infirmière qui, gentiment, caresse la tête de ma pauvre mère pour me rassurer, mais je ne suis pas rassuré. La main tendue d'un homme qui me dit de ne pas paniquer, mais je suis terrorisé.

J'ai des difficultés à avaler, à respirer. J'ai envie

de crier, mais je suis muet; de fuir, mais je suis paralysé. Je perçois le bruissement d'ailes de la folie autour de moi; pourtant il n'y a pas de raison : aucun ennemi ne me guette, aucun danger ne me menace. Le tueur de Davarowsk? Je ne peux pas le tuer, puisque mon père et son équipe l'ont tué déjà. En outre, je peux m'en aller. Abandonner. Rien ne m'empêche d'arrêter l'aventure. Je peux me faire rembourser. Je suis libre de descendre du train, de changer de gare, de rebrousser chemin et d'oublier *l'Ange* que mon père a tué, que mon père a mal tué... De toute façon, mon père n'a rien à se reprocher; il n'a tué personne; il est l'innocence même. Conclusion : arrêtons ce jeu idiot avant qu'il ne m'entraîne trop loin, avant que le train ne démarre.

Seulement, j'ai trop hésité. Plus de retour possible. Le train vient de démarrer.

« Je vous demande pardon. »

Qui me demande pardon?

« Est-ce que cette place est réservée? »

Dans la pénombre je distingue une femme bien habillée; je ne l'ai pas vue entrer.

« Aucune ne l'est. »

Elle me remercie. Courtois, je l'aide à porter sa valise, à ranger son manteau de pluie; elle me réitère ses remerciements. A mon tour de demander pardon – pardon, Lisa – mais cette voyageuse me plaît. J'aime les femmes reconnaissantes.

« Je vais à Graustadt, dit-elle. Et vous?

– Plus loin. »

Elle me paraît douce, attrayante, et sûrement

intelligente, mais faites, Seigneur, faites qu'elle ne soit pas bavarde.

« Plus loin, c'est où? demande la jeune femme qui n'est peut-être pas si jeune que cela.

– Plus loin c'est très loin, dis-je.

– Je vous dérange? »

Que souhaite-t-elle m'entendre dire?

« Pas du tout. »

J'aurais dû, dès le départ, lui signaler que je ne comprends pas le français, ni l'anglais, ni l'allemand. Un ami étudiant l'a fait sur le bateau qui l'avait emmené en Orient. Ses voisins de table s'acharnaient à l'associer à leurs jeux et occupations; en vain. En haussant les épaules, il leur exprimait sa tristesse de ne pouvoir leur répondre faute d'être versé dans leurs langues respectives. Les malheureux : ils avaient essayé toutes les méthodes civilisées et autres. Pour rien. Mon ami était tranquille. Il méditait, rêvassait; nul ne le dérangeait. Le dernier soir, réunis à table pour le dîner d'adieu, ses compagnons firent une ultime tentative : « Mais vous communiquez, vous parlez, vous dites des choses : dans quelle langue le faites-vous? – Le karaitsou », dit-il. Bien sûr, le karaitsou, ça n'existe pas; mon ami l'avait inventé comme ça, à cause de son exotisme. Mais ses convives poussèrent des cris satisfaits : cela les rassurait d'apprendre qu'il parlait une langue, n'importe laquelle, même inexistante.

« Je m'appelle Thérèse. Et vous?

– Ariel », lui mentis-je.

J'aurais pu dire Friedman ou Béla.

« Ariel, dit-elle. J'aime ce nom.

– Moi aussi.

– Et Thérèse? Vous aimez?

– J'aime Thérèse. »

Elle rit de bon cœur.

« Mais vous ne me connaissez pas.

– Si, je vous connais. Mieux que vous ne pensez.

– Impossible. Je ne vous crois pas.

– Il fut un temps où je gagnais ma vie comme diseur de bonne aventure.

– Vous lisez les lignes de la main?

– Non. Celles du visage. Les initiés appellent cela : « La connaissance de la face. » Voulez-vous que je vous dise qui vous êtes? »

Je me penche vers elle d'un air menaçant; elle prend peur.

« Alors taisons-nous », dis-je.

Effrayée, elle retient sa respiration. Je mets ma main sur la sienne.

« Il ne faut pas avoir peur du silence, Thérèse. Il ne nuit qu'à celui qui le viole. »

Sa main chaude est accueillante.

Autrefois, dans une autre existence, le silence était porteur de présage. Il annonçait l'Ange. Quand le ghetto retenait le souffle, cela signifiait que le gouverneur militaire approchait. Il venait briser le silence, le silence de l'histoire, avant de s'attaquer à l'histoire elle-même.

Et, à la clinique, ma mère implorait son médecin

de ne pas l'abandonner à la solitude blanche de sa cellule : « J'ai peur, docteur, j'ai peur de la voix sans voix. » Il lui faisait une piqûre pour la contraindre à dormir, à rêver en parlant, à pénétrer dans un monde habité par d'autres humains, mais sa crainte de « la voix sans voix » me poursuit sans relâche.

Thérèse me sourit; elle n'a plus peur. Ou bien : elle me sourit parce qu'elle aime avoir peur.

Elle a gardé ma main dans la sienne; les voilà nouées. Si cela continue ainsi, je connaîtrai ma nouvelle liaison avec... avec qui, en fait? Thérèse serait-elle allemande? Nous avons parlé en anglais; maintenant plus besoin de paroles. Pour oublier, rien ne vaut l'éveil des sens. Péché? Laisse-moi tranquille, Simha : je te renvoie à tes ténèbres. Je suis libre. Lisa? Elle comprendra; elle sait que les « voyages » échappent à notre contrôle, elle qui en raffole. Abdication devant sa majesté le hasard. Thérèse aurait pu prendre le train suivant; moi j'aurais pu rester sur le quai. Aimons-nous, Thérèse, la séparation n'en sera que plus symbolique. J'ai envie de le lui dire, mais bien sûr je ne le fais pas, je ne fais rien, je laisse faire. J'écoute le train qui traverse un tunnel dans un bruit fracassant, et je ne dis rien.

L'image de la bâtisse sombre resurgit dans ma mémoire. Le train va arriver, mais il ne t'emportera pas, mon petit frère. Tais-toi et écoute, dit une voix. Ecoute bien, dit ma mère en caressant tes cheveux. Tu vas nous quitter, nous avons tout arrangé, ton père et moi; nous avons trouvé des gens braves et honnêtes, tu resteras chez eux; dès que nous le pourrons, nous viendrons te reprendre; tu m'entends? Dans le noir, tu regardes mon père, il te touche l'épaule et la serre avec force, il te fait mal, mais tu aimes, tu veux qu'il te fasse plus mal encore, qu'il ne retire plus sa main, qu'elle reste sur ton épaule, qu'elle la serre de plus en plus fort, jusqu'à ta vieillesse. « Viens », dit ma mère. Elle n'a rien dit; elle a cru prononcer le mot qui n'a pas dépassé le son du soupir. N'empêche que tu l'as entendu. Vous vous faufilez à travers les corps recroquevillés, vous êtes devant la porte. Ma mère frappe deux petits coups, puis trois petits coups espacés; la porte s'entrouvre, tu te retournes, tu cherches ton père, tu ne le vois plus, tu ne vois personne dans le noir, d'ailleurs tu es déjà dehors. Une femme te saisit par le bras : « Voici ta mère, te dit ma mère, surtout ne pleure pas, c'est dangereux de pleurer, ça attire l'attention : les enfants juifs pleurent et c'est ainsi qu'ils se trahissent; ils pleurent différemment, fais attention, mon petit, tu promets de faire attention? » Tu promets de promettre, mais ma mère n'est plus là pour recueillir ta promesse. On a refermé la porte. La nuit est froide et dense. Ciel sombre sans lune. Je ne sais comment, mais la femme et toi vous marchez à reculons. En fait, c'est toi qui marches à reculons et la femme, pour te tirer en arrière, fait comme toi. Vous vous éloignez de la bâtisse, des quais, des wagons béants. La brume matinale vous surprend au bord de la forêt, dans une chaumière. Tu es assis devant un bol de lait chaud que tu refuses de boire. Tu n'as plus revu ta mère ni ton père. C'est la paysanne qui leur a tout raconté. C'est mon père qui m'a tout raconté. Depuis, je ne supporte plus le lait chaud.

« Premier service, crie le garçon en agitant sa clochette.

– Vous avez faim ? »

Je fais non de la tête.

« C'est suspect, dit-elle. Un homme qui ne mange pas cache toujours quelque chose ; un homme qui n'a pas faim est un simulateur.

– Je n'aime pas le lait chaud, lui dis-je.

– Je comprends », sourit-elle d'un air complice.

Qu'est-ce qu'elle comprend ? Que peut-elle comprendre ? Bah ! qu'elle pense ce qu'elle veut. Je lui rends son sourire, par pure politesse. Et je la contemple tout en me demandant si Lisa pourrait être à sa place, ou ma mère, ou la paysanne. La trentaine, brune, un peu grassouillette, vêtue d'un tailleur élégant, fardée : une femme qui ne passe pas inaperçue. Mariée ? Mère de famille sans doute. Milite pour la libération des femmes. Membre des Brigades rouges.

« Où allez-vous ? demande le contrôleur.

– Graustadt, dit Thérèse.

– Et vous ? »

Je lui tends mon billet.

« Ah ! vous allez à Reshastadt. Vous changez à Graustadt.

– On me l'a dit. »

Mon père. Il a pris le même train une fois et en pensée plus de mille fois. J'ai retenu ses paroles. Tout me paraît si familier que je ne sais plus si c'est moi ou mon père qui voyage dans ce train. Au bord du délire, je me prépare à demander à Thérèse si elle n'a pas fait le même parcours il y a vingt ans, si elle n'a pas rencontré un certain Reuven Tamiroff, commentateur de Paritus, justicier amateur...

« Qu'allez-vous faire à Reshastadt?

– Je ne sais pas encore, Thérèse. »

Thérèse : est-ce son nom? Ariel n'est pas le mien, pourtant je m'en sers; il me protège de moi-même. Je dis « Ariel » et je redeviens enfant, revis le départ de l'enfant, et puis sa mort.

Thérèse : connais pas. Elle n'est ni jeune ni vieille, ni belle ni laide, ni fine ni anodine, je ne sais pas, je ne sais pas si elle est femme ou mirage.

Je sais seulement que nous voyageons ensemble, que nous allons bientôt nous séparer. Que saura-t-elle de moi? Elle m'observe, c'est sûr. Je sens ses yeux sur mon corps. Dommage. Je n'ai envie de rien. Mais pourquoi persiste-t-elle à m'épier comme si j'étais déjà son amant ou son ennemi?

Comme d'habitude, pour dissiper un malaise, je fixe mon attention sur le passé. Comme toujours, je cherche refuge chez mes parents : seront-ils réunis un jour? J'attends leur retour, leur réapparition...

Souvent, la nuit, tandis que je m'efforçais de m'endormir, l'angoisse m'étreignait : comment faire pour ne pas les oublier? Saurais-je les reconnaître le lendemain? Elle, à la clinique; lui, dans la pièce à côté; si loin l'un de l'autre. Et de moi. J'imaginais un petit garçon balayé par la foule; il sait que son père et sa mère sont là-dedans, il passe à côté d'eux et c'est sa faute : il ne les a pas reconnus. « Non, se met-il à sangloter, ça ne se produira jamais. Ma

210

mère parlera et je saurai que c'est elle; mon père me touchera l'épaule et je saurai que c'est lui. Je demanderai aux hommes de me toucher l'épaule et aux femmes de me parler. »

« Tu dors? »

Presque un murmure échappé du bout des lèvres. Un soupir ensommeillé. En allemand. Son tutoiement me déplaît, je me l'explique : elle rêve, elle rêve de quelqu'un, elle lui parle dans sa langue. Tant mieux. J'ai besoin de me concentrer. De me préparer mentalement – moralement – pour le moment où je me dresserai devant le tueur tué-mais-vivant de Davarowsk.

L'Ange et ses manies théâtrales. Ses discours, ses inventions. Sa voix réclamant le silence et celle de la foule réduite au silence. Richard Lander et la fin d'un monde. Mes parents déportés et la mort de leur fils. La mort de l'amour et la naissance de la haine, du désir de vengeance.

JE me revois, grotesque, devant notre voisin le Rabbi Tzvi-Hersh. Je me sens gauche, bête, et pour cause : on n'entre pas chez un homme religieux, Rabbi de son état, rabbin de surcroît, en disant : « Au nom de ce que vous enseignez, aidez-moi : ai-je raison de vouloir châtier un ennemi qui a massacré les nôtres? Ai-je raison d'accomplir la volonté de mon père? Ai-je raison de vouloir rester fidèle à son serment? » Je le fis tout de même. Le Rabbi me reçut dans son cabinet.

« Oui? fit-il surpris de ma visite.

— Je suis le fils de Reuven Tamiroff.

— Je sais. L'ami de Simha. Bons Juifs tous les deux. Simha... avance sur un terrain périlleux. La cabale est réservée aux initiés.

— J'aime Simha, dis-je.

— Moi aussi. Mais l'aimons-nous pour les mêmes raisons? »

Ses yeux et son regard étaient un conte merveilleux; j'eus envie d'y entrer et de m'y noyer.

« Rabbi, dis-je. J'ai une question à vous poser. Sur la justice et la vengeance. »

Le sourcil relevé, il attendit. Il avait le temps. Il avait deux mille ans derrière lui; ils lui ont appris l'art d'attendre.

Il devint grave, le Rabbi. C'est à ce moment que je compris qu'il savait plus de choses à mon sujet, et au sujet de mon père, que je ne le pensais.

« Notre Dieu est aussi Celui de la vengeance, répondit-il au bout d'une longue réflexion, se penchant vers moi et s'appuyant du coude sur un volume du Talmud. Cela signifie quoi? Cela signifie que la vengeance n'appartient qu'à Lui seul. »

Je ne pus réprimer un mouvement de colère.

« Et les assassins de notre peuple? Faut-il les laisser en paix?

– Je n'ai pas dit cela. J'ai dit le contraire : Dieu les punira.

– En arrangeant des accidents de voitures peut-être?

– Cesse, dit-il. Ton ironie ne m'offense pas. As-tu confiance en la justice divine? Sinon, en quoi – et en qui – as-tu foi?

– En l'homme.

– En l'homme? Qu'a-t-il donc fait de si grand, de si beau, de si vrai pour qu'il mérite tant d'honneur? Les assassins n'étaient-ils pas eux aussi des hommes? »

Confus, je me tus. *L'Ange* a commis des crimes contre Dieu et contre l'humanité : lesquels sont plus condamnables? Et peut-on dissocier les uns des autres?

« La tradition juive s'oppose à la peine capitale, dit le Rabbi sur un ton nouveau. La loi l'autorise, mais il nous incombe de ne point l'appliquer. Le *Sanhedrin* qui la prononce est qualifié de meurtrier. Réfléchis : si un tribunal est encouragé à ne pas élargir le royaume de la mort, que dire d'un individu ? Châtier les coupables, les châtier par la mort, c'est se lier à eux à tout jamais : est-ce cela que tu souhaites ?

– Rabbi, dis-je.

– L'Ecriture nous enseigne le devoir de tuer celui qui s'apprête à nous tuer. Mais est-ce à dire que nous sommes appelés à nous jeter sur le premier venu qui aurait l'air d'un tueur ? Au contraire : la Torah nous ordonne de n'envisager cette action préventive que si nous sommes certains que l'agresseur est venu dans le dessein de nous tuer. Mais comment acquérir cette certitude ? A supposer qu'il le déclare, comment être sûr que ses menaces ne sont pas purement verbales et psychologiques ? Autrement dit, le verset biblique interdit tout assassinat : celui-ci, en fait, ne peut jamais être justifié.

– Rabbi, répétai-je, écoutez-moi.

– Je t'écoute. »

Comment lui dire ? Peut-être devinait-il, car il était de mauvaise humeur et ma présence semblait l'importuner.

« Je pars en voyage, dis-je. Souhaitez-moi de réussir. Bénissez-moi. »

Il se leva de son fauteuil ; moi aussi, je me mis debout. Il me tendit la main, mais la retira aussitôt.

« Non, dit-il en secouant la tête. Je ne veux pas que tu partes. »

Il savait. Comment savait-il? Aurait-il des pouvoirs? Je n'y croyais pas. Et pourtant...

« Je n'ai pas le choix, Rabbi. Il y va de mon âme. De ma raison.

– Ton âme? Ta raison? Elles n'ont rien à voir avec ce voyage. Ce que tu cherches à résoudre *là-bas*, tu peux l'affronter ici même. »

Comment le convaincre que je n'avais pas le choix? J'étais désespéré.

« Pardonnez-moi, Rabbi. Votre refus de comprendre me fait mal. »

Je lui tendis la main à nouveau; il baissa la tête :

« Je ne peux pas », dit-il.

Et, se laissant choir dans son fauteuil, il se replongea dans l'étude d'une question posée il y a deux mille ans quelque part en Galilée ou à Yavné, et dont l'importance intemporelle ne me frappera que beaucoup plus tard.

« Je sais que tu ne dors pas », dit Thérèse.

Je sursaute.

« Je savais, dit-elle d'une voix triomphante. Je savais que tu ne dormais pas. »

Elle savait, elle sait; elle en est fière. Et moi qui ne sais rien.

« Je pense à la guerre, dis-je.

– La guerre », dit Thérèse.

Qu'on ne lui parle plus de la guerre. C'est laid, la

guerre. C'est plein de sang, de putréfaction, de ruines. Que les gens cessent d'en parler et ils cesseront de la faire. Intelligente, Thérèse. Qu'on lui confie l'humanité et elle la rendra heureuse.

« De toute façon, ça ne me concerne pas, dit-elle. Je suis née après. »

Moi aussi. Je le regrette. On n'a pas idée de venir au monde *après*. Si les écrits des Anciens disent vrai, si c'est Dieu lui-même qui décide du sort de chacune des âmes, si c'est lui-même qui les insère individuellement, précautionneusement, dans le temps humain, Il a mal fait les choses avec moi. Né après la guerre, j'en subis les effets. Les enfants des survivants sont traumatisés presque autant que les survivants eux-mêmes. Je souffre d'un Evénement que je n'ai pas même vécu. Sentiment de manque : du passé qui a fait trembler l'Histoire je n'ai retenu que des mots. La guerre, pour moi, c'est le visage fermé de ma mère. La guerre, pour moi, c'est la lassitude de mon père.

Certes, j'ai lu d'innombrables livres sur le sujet : les romans où tout est faux, les essais où tout est prétentieux, les films où tout est embelli et fardé et commercialisé. Ils n'ont rien à voir avec l'expérience que les survivants portent en eux-mêmes. La guerre, pour moi, c'est Ariel que je n'ai pas connu, que je désire connaître : une fausse mort, une vie fausse, comme on voudra.

J'ai demandé à Simha :

« Pourquoi mon père a-t-il choisi les Etats-Unis ?

– C'est l'Amérique qui nous a choisis. Rappelle-toi les années d'après-guerre : aucun pays ne voulait des rescapés. La guerre était finie, nous l'avions gagnée, mais on nous traitait encore et toujours de pestiférés.

– Bontchek est parti en Palestine.

– Illégalement.

– Ne me dis pas que vous étiez si sourcilleux en matière de légalité !

– Comment te décrire notre état ? Nous étions fatigués. Epuisés. Pour « monter » en Palestine, il fallait avoir beaucoup d'énergie, de volonté et de dispositions physiques ; il fallait traverser des montagnes, des frontières, des fleuves ; il fallait marcher pendant des journées et des nuits, souffrir de faim et de soif ; il fallait s'embarquer sur des bateaux qui ne tenaient pas la mer, fuir la surveillance de la marine britannique, risquer l'emprisonnement à Chypre : Bontchek était fait pour ça, tes parents non ; et moi non plus. »

Cependant, il est content d'avoir attendu le visa américain ; et mon père de même. Le style de vie de l'Amérique leur convient : on s'y dissout aisément dans la masse. L'Amérique avale, c'est sa force et aussi sa faiblesse. « Un million d'hommes fument telle marque, faites comme eux. » En Europe, chacun tend à être différent ; en Amérique, on veut faire comme tout le monde. On suit la mode, on copie, on imite. Parfait pour Simha et pour mon père. En retrait, en marge, ils poursuivent leurs chimères : Paritus et le sauveur. New York : la ville la plus exhibitionniste du monde est aussi la grande cité des solitaires. Idéale pour les toqués. Personne ne les dérange.

« Parfois, ton père et moi nous demandons ce qui serait arrivé si...

– ... si vous étiez partis en Palestine ?

– Comme de nombreux rescapés l'ont fait. On nous y appelait sans cesse. On nous exhortait à faire notre *Aliya*. Vivre dans un kibboutz, ou à Jérusalem, ou à Safed en Galilée : c'était tentant.

– Si vous étiez partis en Palestine, dis-je, mon père aurait achevé son livre sur Paritus et toi...

– Moi ?

– Tu aurais fait sortir le Messie de l'ombre. »

Et moi ? Je n'aurais pas vadrouillé dans Brooklyn, je n'aurais pas placé ma mère dans cette clinique, je n'aurais pas connu Lisa... Le Talmud, peut-être avec humour, attribue au Créateur une passion et une occupation secrètes : Il arrange les mariages, les rencontres décisives, celles qui comptent. Commentaire de Lisa : « Comment expliquer le divorce ? les séparations ? Ne me dis pas qu'il Lui arrive de se tromper aussi ! »

Lisa, que fais-tu dans ce train ? En fait, sa présence ne devrait pas me surprendre.

« Lisa, tu es impossible !

– Mais non, pas impossible; simplement improbable. »

Sûrement imprévisible.

Elle me prend tout et ne rend rien. Lisa, c'est le mouvement continu. L'agitation constante. Le débordement. Le besoin de s'égarer, de se perdre. Et la fête des sens, la folie du sang. Capable de tout, Lisa. « Viens, viens faire une promenade », dit-elle au moment précis où j'ai envie de dormir ou de lire. « Allons au concert », quand j'ai une attaque de migraine. « Allons voir ton père », quand j'ai peur de le voir et que j'ai, contre lui, le cœur lourd de reproches. « Mais il dort, Lisa. – Je lui dirai qu'il rêve. » Il ne dort pas. Nous parlons, ou plutôt : Lisa parle, parle; elle sait charmer, faire rire; nul ne produit un effet plus salutaire sur mon père; elle lui réchauffe le cœur, c'est visible. Je crois que j'aime Lisa parce que mon père l'aime aussi. Selon un scénario rigide, ils se quittent sur la même réplique : « Vous vous appelez donc Lisa. »

Avec Lisa, je parle de la guerre, avec Lisa je parle de tout ce qui me fait mal. La guerre, pour elle, c'est mon père; et mon père, pour elle, c'est moi.

« On ne nous comprend pas, on refuse de nous comprendre, dit Thérèse. On refuse de considérer notre tragédie; on ne fait qu'analyser celle des autres : les Polonais, les Ukrainiens, les Tchèques, les Français, les Belges, les Norvégiens, les francs-maçons, les curés, les Tsiganes, et naturellement les

Juifs, les Juifs surtout, persécutés par nous, assassinés par nous, par moi!

– Vous avez raison, Thérèse. On a tort de ne pas s'apitoyer aussi, et bien davantage, sur les pauvres Allemands qui persécutaient et massacraient les Juifs, les curés, les francs-maçons... »

Elle ne saisit pas encore mon ironie, et enchaîne :

« Tous les Allemands sont des salauds, des criminels de guerre, je n'entends que ça! Dès qu'on prononce le mot « massacre », on songe à la nation allemande! Dès qu'on dit « cruauté », on pense aux Allemands, à moi...

– Vous avez raison, Thérèse. On a tort de ne pas pleurer sur les pauvres tueurs, tort de ne pas plaindre les pauvres assassins qui exterminaient les ghettos, tort de ne pas compatir au malheur des tortionnaires qui régnaient sur les camps de la mort, c'est vous qui avez raison, Thérèse : la tragédie du tueur est, à la limite, plus inhumaine que celle de ses victimes. Les Allemands devraient exercer des représailles contre quiconque manque de considération à leur égard.

– Vous vous moquez de moi, dit Thérèse, froissée.

– Franchement oui.

– Vous m'avez mal comprise, dit-elle. Je ne parle pas des criminels, mais de leurs enfants; je me réfère aux jeunes Allemands qui n'ont rien fait et qui sont détestés, jugés, honnis, conspués : leur fardeau est injuste, admettez-le! »

Là, elle n'a pas tort. Les jeunes Allemands, je les

plains parce qu'ils sont tarés, injustement marqués : s'ils sont contents, c'est qu'ils manquent de sensibilité; s'ils ne le sont pas, c'est qu'ils sont honnêtes. Autrement dit : pour être honnêtes, ils doivent se sentir coupables. N'est-ce pas trop leur demander?

A la faculté, lorsque je croisais des étudiants allemands, je les évitais. Leur langue, comme contaminée, s'érigeait en barbelés.

« Thérèse, dis-je soudain. Je suis juif. »

L'effet est dramatique. Elle se retranche dans un coin, près de la fenêtre, le visage saisi de convulsions. Elle me regarde différemment : il suffit d'annoncer à quelqu'un que tu es juif et il – ou elle – te regardera différemment. Elle se remet à me tutoyer, Thérèse.

« Tu es juif, juif, tu es juif, juif. »

La situation devient comique. Thérèse, mue par je ne sais quel désir expiatoire, change de place et vient s'asseoir à ma droite. Elle prend mes deux mains dans les siennes et les serre violemment en murmurant des phrases incohérentes. Je capte deux mots : *Liebchen* et *Angst*. Quel rapport? Etudie-t-elle la philosophie? Peut-être tente-t-elle de me signifier que son *Liebchen* du moment ne doit éprouver aucune *Angst*. Sauf que de l'*Angst*, j'en ai à revendre : c'est le cœur serré que je voyage en terre allemande. Je vais revoir un homme que je n'ai vu que par les yeux de ses victimes. Thérèse se rend compte de mon trouble, elle m'offre son secours, sa compassion, sa passion. Je sens son haleine se précipiter. J'aimerais retirer ma main mais je la

222

laisse : je suis comme détaché d'elle, je la laisse à ses aventures, je pense à autre chose, je me jure de ne jamais oublier, de ne jamais pardonner...

« Pourquoi refuses-tu de comprendre *notre* tragédie ? » dit Thérèse.

Je me jure d'essayer de comprendre toutes les tragédies, la sienne incluse; même si elle n'a rien à voir, bien sûr, avec celle des Juifs.

Dieu merci, elle dort. La lumière bleuâtre de l'ampoule rejaillit sur son cou et glisse sur sa poitrine. A qui, à quoi rêve-t-elle? Moi je rêve de Lisa. Dans mon délire, je la vois menacée par *l'Ange*. J'en veux à mon père et à Simha : leur échec signifie quelque chose et j'ignore quoi. Peut-être tout simplement ceci : que le tueur est plus fort que ses victimes. *L'Ange*, à lui seul, avait assassiné des milliers et des milliers de Juifs, mais tous les Juifs du monde sont impuissants contre lui. Les tueurs seraient-ils immortels? Je me revois, au salon, montrant la photo à mon père et à Simha. La mine défaite de l'un, l'incrédulité de l'autre. Les semaines de repos en montagne, à la mer : effacées comme des battements de paupières. J'ai dû aller à l'aéroport à la dernière minute, puisque j'ai oublié mon imperméable. Qu'ai-je encore oublié? Est-ce la fatigue? Le vol de nuit, la journée de Francfort : j'appelle le sommeil. Dormir. Pour de bon. Comme dans les wagons scellés, autrefois. Que ce serait bête. Thérèse découvrira mon corps. Son cri d'effroi. Paritus, mon vieux, est-ce toi qui as dit : « Tout cri est un cri au secours »? Paritus, tu nous embêtes.

J'ai froid. Sensation trouble de défaite anticipée; impression soudaine de porter malheur. Envie de rejoindre ma mère dans sa clinique. A travers la brume, j'observe des fantômes qui progressent lentement; certains sont voilés, d'autres me tournent le dos. Parlent-ils? Je n'entends rien. Pourtant je *sais* ce qu'ils disent. Ce vieillard qui va et vient, comme cherchant un frère ennemi, et se met à rire sans raison. Cette femme, transie, qui bout de colère. Le train me berce, pas assez pour m'endormir.

Thérèse s'agite; elle est tendue parce que je suis tendu. En rêve, elle s'efforce de comprendre, moi aussi. Elle dort et je la regarde dormir. Et je me rappelle Lisa: j'aime la regarder dormir. Pour mieux la posséder? Pour mieux me donner à elle. Et tout au fond de moi il y a un petit garçon juif effrayé et émerveillé qui la regarde avec moi, à travers moi, un petit garçon qu'un officier allemand de haute naissance a tué.

Dormez, Thérèse. Je ne vous en veux nullement. Le seul être pour qui je nourris une colère réelle, peut-être une forme de haine, c'est *l'Ange.* Les autres ne comptent pas. Lui seul m'obsède. Je veux le haïr, je le hais pour avoir tué et pour avoir échappé à la mort. De tout mon être, j'exige de ma haine, qu'elle grandisse de jour en jour, de souvenir en souvenir, de page en page. C'est parce que je ne peux haïr personne que je tiens à le haïr, lui. C'est parce que je suis contre la violence que je souhaite sa défaite à lui, son agonie à lui. C'est parce que je ne peux blesser personne que je veux l'imaginer, le savoir mort pour parfaire l'œuvre de mon père, pour enfin savourer le goût de la vengeance. Ensuite, je me présenterai devant mon père, et je lui dirai : « J'ai vu le responsable de la mort d'Ariel, j'ai vu l'assassin des Juifs de Davarowsk. » Et il me demandera : « Bon, tu l'as vu; qu'as-tu fait de lui? » Voilà la question : que vais-je faire, mon Dieu, que vais-je faire?

Me suis-je assoupi? Brusquement, c'est l'aube; ses rayons s'infiltrent dans le compartiment. Le train fonce, gronde, s'essouffle, laissant derrière lui la nuit qui se rétrécit à vue d'œil : on dirait une bête malade.

Thérèse soulève une paupière, semble surprise de me découvrir près d'elle, puis se souvient. Elle s'étire en souriant :

« Nous arrivons bientôt. »

Elle se lève, arrange sa jupe, son chemisier, ses cheveux; pudique, je détourne les yeux.

« Une demi-heure », dit-elle.

Elle connaît le parcours, moi non. Elle prend son sac, se rend aux toilettes et revient coiffée, maquillée, boutonnée, en contrôle de ses expressions. Qui est-elle? Thérèse, nom commun. Thérèse comment? Que fait-elle dans la vie? Les minutes suivantes sont à la fois longues et fugaces, en tout cas énervantes. Quoi que je dise, ça sonnera faux. Des banalités courtoises. Et si je l'empoignais comme ça, sans avertissement préalable? Pas mon genre. Et puis, elle dira : vraiment, vous, les Juifs... Et aussi : Lisa, elle m'en voudrait. Et mon père. En outre, je n'ai pas envie. Un conseil de notre cher Paritus me revient à l'esprit : « Pour traverser l'existence, l'homme doit choisir entre l'écœurement et le sourire. »

« J'espère que votre visite en Allemagne sera fructueuse et agréable », dit Thérèse.

Fructueuse et agréable? Juste les mots qu'elle n'aurait pas dû employer. *L'Ange* les utilisait avant d'expédier les Juifs de Davarowsk en « relocation » : s'il leur souhaitait un voyage fructueux, c'est qu'il les destinait à l'anéantissement; s'il leur prédisait un voyage agréable, c'est qu'il les envoyait aux travaux forcés dans un camp de travail.

« Vous êtes le premier Juif que j'aurai rencontré, dit Thérèse. Vous n'êtes pas comme je les ai imaginés. Vous encouragez et repoussez du même geste. Vous voulez inspirer l'affection, mais elle vous fait peur. Vous fuyez le présent qui vous refoule vers l'avenir et vers le passé au point que vous n'êtes nulle part. »

Je fais semblant de sourire, de comprendre, de consentir, je fais semblant d'évoluer en dehors du présent, au-dessus du temps; je fais semblant de vivre.

Heureusement, le train ralentit. Voici l'embranchement des quais de la gare centrale de Graustadt. Thérèse se dirige vers la portière; elle hésite un instant : m'embrasser? Me prendre comme amant, comme complice, comme instructeur de yoga? Elle opte pour un haussement d'épaules et un au revoir tout ce qu'il y a de plus commun.

Je descends. J'ai deux heures ou trois à perdre pour la correspondance. La gare, modernisée à outrance, est un supermarché gigantesque où les voyageurs peuvent tout se procurer : une femme pour la matinée, ou un but dans la vie.

Entre l'écœurement et le sourire, quoi choisir ?

Ai-je quitté la gare? Ai-je déliré? J'ai la sensation de refaire un « voyage », sans Lisa, vers l'autre côté. Je suis et je ne suis pas moi-même. Désœuvré, je vadrouille dans Graustadt et, cependant, je sais que l'on m'y attend. Dans une ruelle étroite, près d'une grande place bordée d'un parc, j'aperçois deux femmes – une mère qui ressemble vaguement à la mienne, et une fille qui me rappelle Lisa – en pleurs, devant un immeuble délabré.

« Il ne faut pas, leur dis-je. Il ne faut pas pleurer. C'est dangereux de pleurer. C'est par les larmes qu'on attire l'attention. Vous voulez vous faire arrêter? Vous voulez mourir? »

Elles font semblant de ne pas entendre ou de ne pas comprendre ce que je leur dis; mais il se peut également que je ne leur ai pas dit cela, mais autre chose, ou même rien du tout.

« Entrez, dit la mère. Vous avez bien fait de venir, ajoute-t-elle en se mouchant.

– Je savais que vous alliez venir, dit la fille. Vous étiez son ami.

– Ton père avait de nombreux amis, corrige sa mère. Regarde-les qui s'amènent. Comme c'est aimable de leur part. »

En effet, il en arrive des hommes et des femmes, tous d'un certain âge, plus ou moins mornes et bien vêtus. Ils saluent les deux femmes endeuillées et disparaissent dans l'immeuble.

« Entrez donc, dit la mère. Suivez-nous. Nous allons commencer. »

Je la surprends clignant de l'œil à sa fille qui lui répond de la même façon. Bah! ça les regarde. Je pousse une porte, j'entre dans une espèce de chapelle ardente bondée. On me pousse vers une chaise, je m'assieds : j'en ai rudement besoin; mes jambes me font mal.

« Mesdames-messieurs, dit un homme qui ressemble à Lénine mais qui prétend être prêtre. Au nom de la famille de notre cher Ludwig Semmel, je vous remercie d'être venus si nombreux à cette cérémonie. Ludwig était notre frère, notre bienfaiteur irremplaçable. Grande est notre perte et immense notre douleur.

– Il parle bien, chuchote une vieille dame en poussant du coude son mari cardiaque. J'espère qu'il sera là pour toi aussi.

– Père exemplaire, mari fidèle, ami dévoué, Ludwig méritait l'admiration que nous lui portions, poursuit le prêtre Lénine. C'était un saint, et plus qu'un saint : un ange. »

Il s'exprime dans un langage fleuri et doucereux.

Les auditeurs s'émerveillent, s'extasient; certains font un geste comme pour applaudir, mais se ravisent.

« Jamais, m'entendez-vous, jamais nous ne l'oublierons, s'écrie le prêtre en guise de péroraison, jamais nous n'oublierons Ludwig Semmel, l'homme qui... »

Etranglé par l'émotion, il se retire du podium et regagne sa place au premier rang. Les deux femmes sortent leurs mouchoirs, imitées en cela par le reste de l'auditoire, à l'exception de ceux qui n'en possèdent point et qui se servent du revers de leurs mains.

L'orateur suivant est un homme chauve et bègue :

« Lud-d-wig me m-manque, et v-vous n-ne... »

Çà et là, j'entends des murmures agacés : quand on est bègue, on ne fait pas de discours. Mais l'orateur a des raisons à lui que nul ne peut contester : le défunt et lui étaient associés en affaires. Il faut donc que le survivant proclame la vérité : contrairement à ce qu'on disait, L-Lud-dwig était un homme honnête. M-même s-si on p-parcourt la planète, on n-ne trouvera pas un associé plus honnête...

D'autres lui font écho. Philanthrope, mécène, protecteur de veuves : Ludwig Semmel va recevoir sa statue. Ludwig Semmel, Ludwig Semmel : qui est-ce? L'ai-je rencontré? Je suis en train de me creuser l'esprit lorsque je m'aperçois que tous les yeux sont fixés sur moi.

« Vous maintenant, dit la veuve.

– Parle », dit la fille.

Je devrais leur répondre qu'elles sont folles, que je n'ai jamais eu l'honneur de faire la connaissance de leur père et époux, que je suis un Juif de Brooklyn qui n'a jamais pris la parole en public, pour l'excellente raison que personne ne me l'a jamais demandé, mais les gens me fixent avec tant d'insistance que j'hésite à me dérober. Comme en songe, je me vois me levant et me dirigeant vers le pupitre, je me vois et je m'entends réciter un discours incohérent où se mêlent Cicéron et Paritus, Schiller et John Donne, dont je finis par faire l'éloge funèbre : la fille s'en montre enchantée, elle me couve de ses yeux pleins de mansuétude. Quant à la mère, elle attend que je termine pour prendre la parole à son tour :

« Le dernier orateur est le seul ami que mon défunt mari considérait comme un vrai ami. Les autres sont des menteurs, des filous. Holtz, tu crois que j'ai oublié l'affaire des faux bijoux ? Et toi, Fleischman, tu penses que mon mari ne savait pas que tu as essayé de séduire notre fille ? »

En pleine forme, la veuve. Elle remporte le succès qu'on imagine. Timidement d'abord, bruyamment ensuite, les gens se mettent à protester pour marquer leur déplaisir. La veuve, elle, ne se laisse pas intimider : c'est le meilleur règlement de comptes auquel j'aie jamais eu l'honneur d'assister. Trois femmes s'évanouissent, deux hommes prennent la fuite. Seul, en dehors du jeu, j'observe la scène ; j'attends mon éveil pour me l'expliquer.

« Qui êtes-vous ? m'interroge la veuve.

– Oui, d'où venez-vous? surenchérit la fille.

– Je m'appelle Ariel, dis-je.

– Vous mentez, crient-elles, hystériques.

– Je m'appelle Ariel, dis-je. Ariel, Ariel!

– Mensonges! *Vous* mentez, *tu* mens, *il* ment! Il se moque de nous! Il est venu ici dans le seul but de se moquer de nous, de ridiculiser notre action, de culpabiliser notre peuple!

– Je m'appelle Ariel et je suis juif, j'arrive de Brooklyn et de Davarowsk, de Wizhnitz et de Lodz, de Debreczen et de Bendzin... »

Les femmes évanouies reprennent connaissance, les hommes en fuite réapparaissent pour se joindre à la meute; si j'ai échappé à la mort, c'est parce que, malgré ce que vous pouvez penser, les miracles n'ont pas cessé avec Moïse et Josué.

JOURNAL D'ARIEL

L'*Ange* et moi étions seuls; nous le sommes toujours avec la Mort. Installé derrière son bureau net et rangé, étincelant de propreté, il me dévisageait d'un air hautain, courtois et curieusement détaché. Armé, je pouvais l'abattre. A un certain moment, juste avant le dénouement, à l'instant de la reconnaissance, je me tenais plus près de lui : je pouvais l'étrangler. Libre, le luxe me fut offert de peser toutes les options, d'éliminer les influences étrangères. J'eus le loisir de réfléchir avant d'agir, puis d'agir. Et de corriger une page d'Histoire sinon l'Histoire elle-même.

Libre? Mot hâtif, mal employé. L'acte qui engage l'être le résume dans sa totalité car il engage tous les êtres. Dans son attaque d'Homère, Paritus n'a pas tort : le poids du passé est plus lourd que celui de l'avenir. La mort nie le temps futur, mais non les années et les heures écoulées. Mes ancêtres sont présents à moi, à l'intérieur de mon projet : par ma décision, je les engage car à travers moi ils s'y

235

associent. A ce niveau-là, la liberté individuelle, pourtant illimitée, paraît inconcevable.

Je ne sais donc pas si, de mon inaction, je devrais retirer du remords ou l'envers du remords. Lâcheté ou courage? Il reste qu'au dernier moment, celui de la vérité, comme on dit, je me suis dérobé. Inauguré par mon père, l'acte réparateur demeure avorté. Je sais que je devrais m'en excuser, je devrais demander pardon; je me sens coupable. Coupable d'avoir affronté l'ennemi sans l'avoir vaincu.

Pourtant c'était facile...

Fort des confidences de mon père, je m'oriente aisément dans cette petite grande ville de province. Avec et derrière mon père, je longe l'avenue des Poiriers pour tomber sur le square du Roi-Frédéric. Avec et aux côtés de mon père, je découvre les changements qu'a subis Reshastadt. Plus de décombres, plus de ruines. Le soupçon, la méfiance et la politesse obséquieuse ont cédé devant la jouissance, la consommation et la politesse courtoise. En une génération, les vaincus ont réussi à effacer les traces visibles de leur défaite.

Quelques billets de banque, quelques mensonges et quelques compliments : le tour est joué. « Journaliste américain en mission de reportage », j'obtiens la meilleure chambre à l'hôtel d'Italie, accès aux archives du quotidien local et la coopération du service des relations publiques des usines « Laboratoires électroniques TSI » dont Herr Wolfgang Berger est le tout-puissant P.-D.G.

Sa secrétaire est jolie, provocante, efficace. Comme dans les romans, elle admire son patron. Comme dans les films, elle le protège. Son sourire est froid, sa démarche ferme.

« Monsieur le directeur parle au téléphone, il vous recevra dans un instant. Puis-je vous apporter quelque chose à boire ? »

Hospitalière, elle me met en condition : elle fera son possible pour que son patron fasse la meilleure impression sur moi, pour que mon papier soit favorable. Je me demande : jusqu'où irait-elle pour me conquérir ?

La porte de gauche s'ouvre, un homme apparaît et m'invite à entrer. Bureau spacieux, élégant, clair. Aucun objet inutile. Goût parfait. Cela se voit : Wolfgang Berger est un homme cultivé.

« Asseyez-vous, je vous prie. On me dit que vous venez d'arriver. J'espère que notre cité, grâce à vous, deviendra célèbre. Elle le mérite, croyez-moi.

– Je vous crois volontiers. »

Pour me mettre à l'aise, il se lance dans un monologue sur les devoirs et les abus des médias.

« Vous avez raison, dis-je. Parfois les journalistes n'ont rien à dire, alors ils disent n'importe quoi.

– Pas vous.

– Oh ! vous savez, je ne suis ni meilleur ni pire que mes confrères. »

Il proteste en souriant, je l'observe fixement.

« Que pensez-vous de la nation allemande ?

– Que dites-vous ? »

Je n'ai pas saisi sa question. Il me la répète.

« La nation allemande, la nation allemande, dis-je en m'efforçant de réfléchir logiquement, avec suffisamment de cohérence pour ne pas me rendre suspect à ses yeux. De quelle nation allemande parlons-nous : de celle d'hier ou de celle d'aujourd'hui? Elle a plutôt mauvaise mine, la nation allemande maintenant. La haine qui déferle sur le pays divisé ne peut que me rappeler une autre, encore plus vorace, mille fois plus sanglante; sauf qu'aujourd'hui, elle est également tournée vers le dedans. Ces militants fanatisés, ces extrémistes assoiffés de sang, ces prédicateurs de destruction, ces Brigades noires et rouges de la mort arbitraire. Sans le savoir peut-être, et sûrement sans l'admettre, ils se situent dans un contexte historique et psychologique frémissant d'horreur : leurs parents, leurs aînés, leurs éducateurs ont haï les Juifs, à leur tour de répudier leurs aînés, leurs éducateurs, tous les détenteurs d'autorité. Pas à cause des Juifs, naturellement, mais à cause de l'autorité. Telle est la nature dynamique, démoniaque de la haine : elle déborde, elle se fait envahissante. On commence par haïr un groupe social, on finit par mépriser toute la société; on commence par persécuter les Juifs, on finit par menacer l'humanité. Toute haine devient haine de soi.

M. le directeur Wolfgang Berger écoute attentivement; les mains nouées devant lui sur la table, il concentre son énergie dans les yeux. Quand il se décide à me poser une question, sa voix est nasale, chevrotante :

« Pourquoi la haine vous préoccupe-t-elle, monsieur? Je veux dire : pourquoi l'étudiez-vous avec tant de passion? »

Je l'examine et, curieusement, je vois mieux tous les objets alentour; je vois même les tableaux sur les murs derrière moi. J'aperçois une mouche sur le plafond.

« Je suis juif, monsieur le directeur.

– Je le sais. Je l'ai su dès le premier moment. »

Normal, me dis-je. Il possède une vaste expérience en la matière; il sait reconnaître les Juifs. Comme le puisatier qui sent l'eau, il les sent. En leur présence, son instinct de tueur s'éveille.

« Puis-je me permettre une question? »

D'un signe de tête, je lui dis oui.

« Est-ce parce que vous êtes Juif que vous me haïssez? Haïssez-vous donc tous les Allemands? »

Posées sur un ton neutre, presque scientifique, ces questions me troublent. Se doute-t-il de mon identité? Une idée folle me traverse : je ressemble à mon frère. Je la chasse. L'explication est beaucoup plus simple : le tueur en lui a deviné en moi la victime.

« Non, monsieur le directeur, dis-je. Je n'éprouve nulle haine à l'égard du peuple allemand; je ne crois pas à la culpabilité collective : j'appartiens à un peuple qui en a souffert trop longtemps pour, à son tour, en revendiquer l'application. J'irai un pas, six millions de pas, plus loin et je vous dirai que le bourreau lui-même ne m'inspire pas de la haine : ce serait trop bête de réduire un Événement ontologique à un mot, un geste, une impulsion de haine.

– Mais alors, cher monsieur le journaliste, qu'êtes-vous venu chercher en Allemagne? »

J'ai envie de lui répondre : c'est un seul homme, un seul tueur qui a motivé mon déplacement; un être maléfique, allié du Mal, qu'au nom des miens il m'incombe d'arracher à la vie car il ne devrait pas y avoir de la place sur la planète Terre et pour lui et pour nous. Trop tôt. Lui répondre carrément que je suis venu en Allemagne par un souci de justice qui n'a rien à voir avec la haine?

« Je sais que votre temps est précieux... »

J'allais dire : limité, je me suis ressaisi.

« ... mais, si vous me le permettez, je souhaiterais vous raconter une histoire. »

Il a cillé : il a dû faire un lien quelconque. Il a dû calculer mentalement mon âge, les années écoulées depuis la guerre, les possibilités variées... Ses narines ont palpité. Sa position s'est raidie imperceptiblement.

« Je suis à vous, dit-il aimablement.

– C'est une histoire de souffrance et de guerre, dis-je.

– J'aime les histoires, mais j'ai horreur des guerres.

– C'est une histoire de souffrance juive et elle se situe pendant la guerre contre les Juifs. Dans un ghetto quelque part en Europe centrale... »

Ses prunelles ont changé de couleur; une mouche s'est déplacée sur le plafond.

« Oui? » dit-il.

Maintenant il sait que je sais. La bête, ramassée, se tend. Je sens le danger.

Je me lève, je me rassieds. J'agis sans plan, j'improvise.

« Dans un ghetto quelque part, dit-il toujours de la même voix nasale. Continuez, je vous prie. »

Je fais appel à tous les êtres dont le destin a façonné le mien, je mobilise toutes mes ressources d'énergie, d'imagination et de mémoire pour donner à chaque phrase, à chaque mesure l'intensité et la brûlure du vécu. Je parle et je suis transporté ailleurs, je parle et je sens que c'est pour parler, ici, à cet homme, que j'ai traversé plus d'une vie, relevé tant de défis et déchiffré tant de signes.

Je lui décris le ghetto de Davarowsk : ses enfants affamés, ses mendiants en loques, ses princes déchus. Au petit matin, un homme quitte sa famille et s'en va au travail; il ne rentrera plus. Le soir, une mère retrouve ses cinq fils : tous fusillés dans la forêt. Un couple vit enfermé dans une chambre sans air et y meurt étouffé. Vignettes de misère, fragments de désespoir : je pourrais les multiplier à l'infini.

« Continuez », dit Wolfgang Berger.

Je continue. Les séances du Conseil juif. Les déportations. Les « actions ». La mort? Il y avait pire; il y avait l'humiliation qui précédait la mort. Il y avait le bourreau qui tenait à ce que ses victimes rampent à ses pieds avant de les abattre ou de les envoyer à l'extermination. Il y avait le tueur qui exigeait de ses victimes de l'écouter avec admiration, de l'adorer avec piété, de le traiter comme un Dieu. Il y avait les prières que les Juifs refusaient de réciter sur ordre, il y avait le ricanement des soldats, le râle des vieillards gisant dans leur sang, il y avait les fosses communes où les cadavres s'amoncelaient en montagnes hautes, avec leur sommet mobile incrusté dans les nuages noirs et menaçants.

Il y avait tant d'événements, tant de destins mutilés, enterrés, que je pourrais passer ma vie et celle de mon peuple à les évoquer. Même si tous les Juifs du monde ne faisaient rien d'autre que témoigner, nous n'arriverions pas à remplir plus d'une page. Or, le Livre compte six millions de pages.

A mesure que je parle, les traits de son visage s'accentuent et se creusent; sa pâleur croît de minute en minute, d'un épisode à l'autre. Il a peur, eh oui, *l'Ange* de la peur est dominé par la peur, transpercé de peur; la Mort a fini par attraper *l'Ange* de la Mort. Pendant un bref instant, je sens une jubilation sourde monter en moi : bravo, Ariel! Tu es donc capable d'inspirer, d'infliger la terreur! Es-tu satisfait, Ariel? Es-tu fier de mon exploit?

« Je n'ai pas fini », dis-je.

Une lucidité éclatante m'emplit : je n'ai jamais vu aussi loin en moi-même. Je trouve facilement les mots que je cherche : c'est comme s'ils me cherchaient.

« Une histoire encore, dis-je. Une seule. La dernière. Elle concerne un enfant juif de cinq-six ans. Vous l'avez connu; son père, vous l'avez connu aussi. Reuven et Ariel Tamiroff, ces noms vous disent quelque chose? »

Je raconte la fin de mon petit frère. *L'Ange* avait aperçu mon père et ma mère à la gare. Les wagons étaient là, sur les quais. Les Allemands avaient fini de compter les partants, lorsque le gouverneur militaire lança un bref ordre : « Attendez! » Contenant mal son dépit, il vint se planter devant mes parents : « Vous avez un fils, où est-il? » Mon père serra les dents et ne répondit pas. *L'Ange* le gifla : « Où est votre fils? » Mon père serra les dents et ne dit rien. Alors ma mère vint à son secours : « Notre fils est mort, monsieur le gouverneur militaire. Emporté par une forte fièvre, notre fils nous a quittés il y a deux mois. Demandez aux gens, ils vous le confirmeront. – Je ne te crois pas, fit le gouverneur militaire. – Elle dit la vérité, dit une voix derrière mes parents. – Qui es-tu? – Je m'appelle Simha Zeligson. Je connais la famille Tamiroff depuis des années. J'ai enterré les grands-parents maternels, les grands-parents paternels; j'ai enterré aussi le fils. Je le jure sur ma vie. » D'autres voix se joignirent à la sienne. Le gouverneur militaire, se déclarant insatisfait, dépêcha un groupe de SS au ghetto : « Qu'on le retourne de fond en comble, mais qu'on m'amène le petit Tamiroff! » Les SS fouillèrent le ghetto de bout en bout et revinrent bredouilles. « Qu'à cela ne tienne, dit *l'Ange* à mes parents. Votre petit garçon, je le prendrai au collet, je vous le promets; vous ne serez plus là pour le voir, et je le regrette. » Il tint parole. Au prix d'efforts incommensurables, il réussit à traquer mon petit frère et à l'appréhender. Sa vengeance fut terrible et cruelle : on en parla dans tous les ghettos proches et lointains.

« Je ne vous demanderai pas *pourquoi* vous avez

commis tous ces crimes, lui dis-je. Je vous demanderai seulement *comment* vous avez pu les commettre. *Comment* pouviez-vous assister à tant d'exécutions, ordonner tant de tortures sans perdre le sommeil, la raison, le goût de la chair et du vin, la mémoire? *Comment* vous pouviez infliger tant de souffrances sans qu'elles s'inscrivent sur votre visage? *Comment* vous pouviez donner la mort sans la subir? Vous étiez la Mort, *comment* faisiez-vous pour ne pas mourir? »

Ma tête touchait la sienne, ou presque. Pour que nos haleines ne se mêlent pas, je reculai d'un centimètre.

« Ariel Tamiroff, vous vous rappelez Ariel Tamiroff, monsieur le directeur? Vous lui avez fait subir une agonie lente devant les derniers Juifs du ghetto assemblés sous un ciel glacé et glacial : *comment* pouviez-vous faire si mal à un petit garçon juif que mille bouches bénissaient en silence pour en faire leur messager là-haut? »

S'il avait répondu, je l'aurais tué. La vie du tueur n'est pas moins fugace que celle de sa victime. Il suffisait de souffler sur la bougie, et c'en était fini de *l'Ange.* Une réponse, une tentative de justification de sa part, et j'aurais commis l'irréparable. Mais il se contenta de plisser son front, de réduire la fente de ses paupières comme pour mieux me situer, me viser. L'affrontement muet ne dura qu'une seconde. Je jetai un coup d'œil sur ma montre : deux heures s'étaient écoulées depuis mon apparition dans son bureau. La secrétaire allait frapper d'un moment à l'autre pour annoncer un nouveau visiteur, ou la fermeture des bureaux, ou la fin du monde.

Et maintenant? Je venais de traverser, en deux heures, des siècles d'atrocités; le voyage m'avait épuisé.

« Qui êtes-vous? »

Sa question, lancée comme une flèche, me stupéfia. Pourquoi tenait-il à savoir mon nom : d'ailleurs, quel est mon nom? Lui dire que j'étais son juge, qu'il était mon prisonnier?

« Qui êtes-vous, monsieur? répéta-t-il d'une voix tendue et rauque. J'exige de vous une réponse! »

Il s'exprimait avec aisance : plus de trace de peur dans ses traits. Le comédien en lui n'était pas mort. Son public était mort, lui non. Son choix de mots, son élocution lente et lourde, l'inflexion de sa voix rauque me faisaient tressaillir : était-ce ainsi qu'il s'était adressé à mon petit frère et à mon père?

« Qui suis-je? Je m'appelle Ariel. »

Après une pause :

« Comme mon petit frère; je m'appelle Ariel pour mon frère. Je suis un enfant. Un enfant du ghetto de Davarowsk. Tous les Juifs du ghetto furent mes parents. Tous les murs m'emprisonnent, tous les mensonges me trahissent. »

Une nouvelle pause :

« Et tous les morts sont mes frères. »

Il passa sa langue sur ses lèvres desséchées; il respirait avec difficulté. Ni vaincu ni battu, il dut se sentir humilié.

« Que comptez-vous faire? »

Je n'y avais pas vraiment réfléchi.

« Me livrer à la police? Me dénoncer dans la presse? »

En pensée, je convoquai mon père et son ami Simha, ma mère malade et mon copain Bontchek : aidez-moi, conseillez-moi. Une parole ancienne me revint à l'esprit : « Que le Seigneur veuille châtier, c'est Son droit; mais il m'appartient de refuser de Lui servir de fouet. » Où l'avais-je recueillie? Chez mon père? Chez le Rabbi Tzvi-Hersh, notre voisin? Je me revis avec le Rabbi lors de notre entretien sur la vengeance. Brusquement, je me rendis compte que le personnage en face de moi, en tant que personne, ne représentait plus d'intérêt pour moi. Une fois les répliques dites de part et d'autre, je pouvais m'en aller. *L'Ange* ne m'inspirait plus ni haine ni soif de vengeance : j'avais perturbé son existence, rafraîchi sa mémoire, gâché ses joies futures, cela me suffisait. Il ne pourrait plus faire, ni vivre, ni rire comme si le ghetto de Davarowsk ne lui avait pas servi de scène et de miroirs grossissants.

Je raconterai. Je parlerai. Je dirai la solitude des survivants, l'angoisse de leurs enfants. Je dirai la mort de mon petit frère. Je dirai, je rappellerai les blessures, les deuils, les larmes. Je dirai les voix du crépuscule, la violence muette de la nuit. Je dirai le *Kaddish* de l'aurore. Le reste n'est plus de mon ressort.

Et mon père? M'en voudra-t-il? Et Simha-le-ténébreux? M'en tiendra-t-il rigueur? Je ne le crois pas. Ni l'un ni l'autre ne voient en l'acte meurtrier une réponse, une vérité immuables; sciemment ou non, ils avaient bien agi. Leur échec s'inscrit dans un dessein plus large. Et il ne doit pas les embarrasser. Ni leur faire honte. La justice ne peut qu'être humaine; elle passe par le langage, lequel doit être justifié par la mémoire. C'est dans la vie que les paroles justes se muent en actes de justice; jamais dans la mort.

« Vous ne connaîtrez plus la paix », dis-je en me relevant.

La tête en feu, je ne suis plus sûr de l'avoir dit. Je ne suis même plus sûr de m'être relevé. Cette rencontre, cette confrontation, les aurais-je vécues en songe?

« Vous vous sentirez partout un intrus pourchassé par les morts, dis-je. Les hommes penseront à vous avec répugnance; ils vous maudiront comme la peste et la guerre; ils vous maudiront en maudissant la Mort. »

Pareil à mon frère dans la bâtisse, je sors à reculons : par crainte qu'il ne me tire dans le dos? Qu'il ne me lance un poignard empoisonné? J'intercepte ses gestes avortés, ses regards sombres, ses pensées, je cherche, je fouille en eux, en lui, je les traque, je les pèse, je les examine : a-t-il une mauvaise idée, une idée diabolique derrière la tête? Quel tour s'apprête-t-il à me jouer? Que dois-je faire pour éviter le traquenard, quel moyen dois-je saisir pour sauver mon petit frère? La fièvre gagne tout mon corps, je sais que je vis l'instant le plus grave de mon existence, et peut-être de celle de mon frère, et en même temps je sais que tout cela n'est peut-être qu'un songe, qu'une hallucination, qu'un délire dément, je me vois respirer et étranglé, je m'observe assis et debout, vainqueur et vaincu, vivant et mort, je me vois reculer en regardant *l'Ange*, en le regardant fixement, me répétant : il faut qu'il me regarde le plus longtemps possible. Je suis déjà à la porte, ma main serre la poignée, je sens mon cœur battre à tout rompre et je sens en même temps un grand calme me pénétrer, et je m'entends dire lentement, très lentement :

« Vous vouliez savoir qui j'étais, je vais vous le dire : je suis un enfant juif nommé Ariel et vous êtes mon prisonnier; vous êtes le prisonnier du ghetto de Davarowsk, le prisonnier des Juifs morts du ghetto de Davarowsk. »

La dernière image que j'emporte de lui me surprend malgré tout; je me rends compte que *l'Ange* est tout de même différent de la plupart des êtres humains : un jour je saurai en quoi.

Je relis en 1983 ces écrits qui datent de vingt et dix ans plus tôt. Les temps ont changé. Et moi? Moi – qui?

Aujourd'hui encore, j'entretiens des rapports passionnels et ambigus avec mon nom. Ariel Tamiroff désigne un autre que moi : un petit garçon juif, fils de Rachel et de Reuven Tamiroff de Davarowsk, que la violence de l'Histoire emporta dans une tempête de cendre. Graduellement, j'avais observé en moi un dédoublement d'être : Ariel était et n'était pas mort; moi j'étais et je n'étais pas vivant. Ariel vivait en moi, à travers moi; je lui parlais pour me convaincre de son existence; je l'écoutais pour me persuader de la mienne. Au début, c'était : Lui, Ariel. Puis : Toi, Ariel. Et enfin : Ariel, moi.

Si Ariel était en vie, il aurait quarante-six ans; il serait père de famille, professeur de littérature ou de philosophie, militant dans un mouvement juif gauchiste, libéral, humaniste. Moi j'ai trente-quatre ans. Lisa m'a quitté; elle me manque.

Mon père va achever sous peu son commentaire définitif des *Méditations* de son cher Paritus; ma mère n'est plus à la clinique; elle est morte peu après mon retour d'Allemagne. Nous n'étions pas présents à son chevet, Simha oui. Il nous raconta que, une heure avant d'expirer, elle avait reconquis toute sa lucidité et toute sa jeunesse : elle lui posa des questions sur nous, sur l'actualité, sur les médecins qui la soignaient; elle mourut au milieu d'une question sur mes rapports avec Lisa. Chose étrange : elle ne mentionna jamais Ariel.

Simha a vieilli; il n'a pas encore hâté la venue du Messie, mais il y arrivera, je lui fais confiance. Ses calculs de la *Guematria* mystique furent erronés jusqu'à présent, mais cela ne signifie pas qu'il devrait les interrompre. D'ailleurs, il n'en a nullement l'intention, pas plus qu'il n'a l'intention de fermer son entreprise : il vend des ombres et en achète; je pense qu'il se débrouille assez bien.

Bontchek aussi, merci. Depuis que mon père le traite sur un pied d'égalité avec Simha, il est content, parfois heureux, même sans schlivowitz.

Quant à moi, j'enseigne dans une université provinciale de l'État du Connecticut. J'aime mes étudiants, et j'ai mal quand ils ne me le rendent pas.

Depuis mon voyage à Reshastadt, j'ai visité de nombreux pays – vous allez rire – en tant que correspondant de presse américain. J'ai fait des séjours plus ou moins brefs en France, en Inde et en Israël. Juif de la Diaspora, je me sens attaché à Israël par toutes les fibres de mon être. Jérusalem est le seul endroit où je me sente chez moi. Puis-je citer S.J. Agnon? « Comme chaque Juif, je suis né à Jérusalem, mais les Romains ont envahi ma ville et ont poussé mon berceau jusqu'en Galicie. »

Consciemment j'ai tout fait pour ne pas oublier; inconsciemment je n'en ai pas fait moins pour oublier. C'est un sage oriental qui me l'a fait comprendre un jour : « En prononçant une parole, tu en supprimes une autre; pour évoquer une image, tu dois en refouler une autre; cela vaut également pour les souvenirs : pour te rappeler certains événements, tu dois en oublier certains autres. » Souvent, j'échoue; ils sont trop enchevêtrés.

Cependant, à quoi bon me leurrer, je considère mon existence non comme un échec mais comme une défaite. Fils de survivants, je me sens mal à mon aise dans un monde complaisant qui, pour mieux dormir, m'a renié avant même ma naissance. Tout m'est contrainte : le langage et le silence, l'amour et l'absence d'amour. Ce que je souhaite articuler, jamais je ne le dirai. Ce que je désire comprendre, jamais on ne me l'expliquera.

L'ère que nous traversons nous rapproche de la catastrophe pressentie par Orwell, non l'écrivain mais le prophète. Ce qu'il prédit arrivera, est arrivé déjà. Nous vivons en dehors de nous-mêmes, à côté de nous-mêmes. Pour paraphraser un philosophe d'aujourd'hui : mes contemporains fabriquent de petites circonstances avec de grands événements. De quoi l'an 2000 sera-t-il fait? Comme Simha, je vois des ombres soulever l'horizon; de loin, j'aperçois l'ombre immense, semblable à un champignon montrueusement grand et haut, qui relie le ciel à la terre pour les condamner et les détruire. Serait-ce le châtiment ultime? Simha, le kabbaliste, prétend qu'après le châtiment viendra la délivrance. Mais laquelle? Un Maître hassidique voit plus juste: le Messie risque d'arriver trop tard; il viendra quand il n'y aura plus personne à sauver. Tant pis: j'attendrai tout de même.

Cela fait des années, des siècles que j'attends. J'ai attendu pour retrouver mon père. J'ai attendu pour rencontrer mon frère. J'ai essayé de vivre leurs vies en les assumant. J'ai dit « je » à leur place. Tour à tour, je me suis pris pour l'un, pour l'autre. Certes, nous avons eu nos différends, nos querelles, nos conflits; mais les distances se sont muées en liens renouvelés. Maintenant, plus qu'avant, mon amour pour mon père est entier: comme s'il était mon fils; et comme si j'étais le sien, celui qu'il a perdu là-bas, au loin.

Triste bilan: j'ai remué ciel et terre, j'ai risqué la chute et la démence en interrogeant les souvenirs des vivants et les rêves des morts afin de vivre la vie des êtres qui, proches et lointains, continuent à me hanter: mais quand, oui, quand commencerai-je enfin à vivre ma vie à moi?

DU MÊME AUTEUR

IMPRIMÉ EN FRANCE PAR BRODARD ET TAUPIN
58, rue Jean Bleuzen - Vanves -Usine de La Flèche.
LIBRAIRIE GÉNÉRALE FRANÇAISE - 14, rue de l'Ancienne-Comédie -Paris.
ISBN : 2 - 253 - 03522 - X